Chestnut Hill

La rentrée

L'auteur

Lauren Brooke a grandi dans un ranch en Virginie et vit à présent en Angleterre, dans le Leicestershire. Elle a su monter à cheval avant même de marcher. Dès l'âge de six ans, elle a régulièrement participé à des concours équestres. Elle fait tous les jours de longues balades à cheval, accompagnée par son mari, vétérinaire spécialiste des chevaux.

Dans la même série :

2. Un grand pas

Du même auteur :

La série *Heartland*

Vous avez aimé

Chestnut Hill

Écrivez-nous
pour nous faire partager votre enthousiasme :
Pocket Jeunesse, 12 avenue d'Italie, 75013 Paris.

Par l'auteur de *Heartland*
Lauren Brooke

Amitié, équitation et rivalité

La rentrée

Traduit de l'anglais par Jean-Pierre Berthon

POCKET JEUNESSE

Titre original :
Chestnut Hill – *The New Class*

La série « Chestnut Hill » a été créée par
Working Partners Ltd., Londres.

Chestnut Hill™ est une marque
déposée appartenant à Working Partners Ltd.

À Graeme

Loi n° 49 956 du 16 juillet 1949 sur les publications destinées
à la jeunesse : avril 2009.

Copyright © 2005 by Working Partners Ltd.
© 2009, éditions Pocket Jeunesse, département d'Univers Poche,
pour la traduction française et la présente édition.

ISBN 978-2-266-15987-6

1

— Réveille-toi, Margaux ! Nous sommes presque arrivés, ma chérie !

Margaux Walsh battit des paupières et regarda par la vitre du 4 x 4.

— Où sommes-nous ? demanda-t-elle d'une voix ensommeillée en découvrant une barrière blanche bordant une prairie verdoyante. Pourquoi m'avez-vous laissée dormir ?

— Nous venons de quitter l'autoroute, expliqua son père.

— Tu n'as rien raté, déclara sa mère. Et tu avais besoin de te reposer.

Margaux haussa les épaules. Elle passa la main dans ses mèches rousses, songeant avec soulagement qu'elle allait bientôt échapper à cette mère qui la couvait trop. Elle n'avait pas fermé l'œil de la nuit, mille pensées se bousculaient dans sa tête. Mais le moment tant attendu arrivait enfin : le jour de la rentrée à Chestnut Hill !

Elle scruta les pâturages dans l'espoir d'apercevoir des chevaux et les premiers bâtiments de l'école. Son cœur se mit à battre plus fort quand elle découvrit les piliers de brique marquant l'entrée du pensionnat. Sa nouvelle école, très réputée, possédait une section d'équitation de haut niveau.

— C'est là ! s'écria-t-elle.

La voiture franchit la grille en fer forgé qui portait l'emblème de l'école : un châtaignier sur lequel se profilait la tête d'un cheval. La main en visière pour se protéger de l'éclat du soleil, Margaux observa les chevaux au paddock. Elle les trouvait tous beaux, mais elle en cherchait un en particulier, un poney à la robe brune mêlée de blanc. Elle se pencha entre ses parents pour mieux voir l'imposante construction de style colonial qui, un siècle plus tôt, accueillait les élèves du pensionnat. Avec ses hautes colonnes blanches, la bâtisse était l'exemple même de la demeure traditionnelle du Sud. Aujourd'hui, elle abritait les bureaux des professeurs et ceux de l'administration. Salles de classe et laboratoires se trouvaient de l'autre côté du campus, dans des bâtiments en brique rouge.

Depuis qu'à l'âge de dix ans elle avait lu dans la revue *Cheval et cavalier* un article sur Chestnut Hill, Margaux n'avait qu'une idée en tête : y être admise.

« Ça y est, j'y suis ! se dit-elle avec un frisson d'excitation. Incroyable ! »

La rentrée

L'école possédait des installations très attractives : une piscine olympique, une piste d'athlétisme couverte, un atelier de céramique... De plus, l'établissement était connu pour la qualité de son enseignement général, qui préparait les élèves aux universités les plus cotées. De quoi plaire aux parents.

La voiture tourna à gauche, suivant les panneaux qui indiquaient la direction des dortoirs. Il y avait six bâtiments réservés aux élèves. Margaux savait déjà qu'elle serait dans le dortoir Adams, qui, par chance, était le plus proche de l'écurie. Elle glissa sur le cuir de la banquette pour regarder de l'autre côté : ils longeaient les écuries. « J'y serai en cinq minutes, pensa-t-elle. Qu'est-ce que j'ai hâte de passer l'épreuve de sélection pour l'équipe ! »

Elle suivit des yeux une jeune fille portant deux seaux, qui s'arrêtait devant la dernière stalle. Quand elle ouvrit la porte, Margaux aperçut un cheval noir. Il était si beau qu'elle ne pouvait le quitter du regard.

— Tu vas attraper un torticolis si tu continues à te tordre le cou comme ça, la taquina Mme Walsh.

Quand Margaux se retourna, elle vit que sa mère la scrutait dans le miroir du pare-soleil.

— Il faut te brosser les cheveux, dit Mme Walsh. Ta coiffure ne ressemble à rien.

La jeune fille passa la main dans ses boucles flamboyantes. Elle avait hérité la couleur des cheveux de sa mère, mais pas sa patience pour discipliner sa tignasse...

— Je ferais peut-être mieux de mettre ma bombe, lâcha-t-elle en souriant. Comme ça, personne n'y fera attention. Arrête-toi, papa, je vais la prendre dans le coffre.

— Si je m'arrête maintenant, répliqua son père, tu vas filer dans l'écurie, et ta mère sera obligée de t'envoyer prendre une douche !

— Pas faux ! rétorqua Margaux en claquant des doigts.

« Papa est trop cool, se dit-elle en le regardant tapoter la main de sa mère. Je l'adore. »

Mme Walsh lui tendit une pince à cheveux en écaille. En la prenant, Margaux éteignit le lecteur de DVD encastré dans le siège de sa mère. Elle ne verrait pas la fin de *Drôles de dames*. Tant pis ! La vraie vie, celle qui l'attendait, était cent fois plus excitante.

Elle s'installa bien au milieu de la banquette pour regarder devant elle. Les véhicules en stationnement, tous plus luxueux les uns que les autres, bouchaient le passage ; il ne restait pas une seule place à proximité du dortoir.

— Je vais me garer ici, déclara son père en arrêtant la voiture, et on portera tes bagages.

Margaux sauta dehors avant même qu'il ait coupé le contact. Elle respira un grand coup : l'air avait un avant-goût d'automne, mais le soleil qui jouait à cache-cache avec les nuages brillait encore fort. Elle regarda autour d'elle : plusieurs filles chargées de sacs de voyage se dirigeaient vers le dortoir. Elle attendit que son père ouvre le coffre et prit la plus légère de ses deux valises. M. Walsh poussa un grognement en soulevant l'autre.

— Courage, papa, c'est l'occasion ou jamais de prouver que tu fais de la musculation !

En réalité, elle le soupçonnait de ne jamais mettre les pieds au gymnase du club qu'il fréquentait... Il se contentait sûrement de jouer au tennis ou au golf avec ses relations d'affaires.

Sans attendre sa réaction, Margaux partit vers le dortoir. Elle leva la tête pour contempler la façade du bâtiment de trois étages. Des filles accompagnées de leurs parents se pressaient sur les marches du porche. Le port de l'uniforme n'étant pas obligatoire le jour de la rentrée, la plupart étaient en jean et top ajusté, tout comme Margaux. Sa mère, qui était du genre jupe plissée-pull en cachemire, avait bien essayé de s'y opposer ; en vain.

Suivant la petite foule à l'intérieur, Margaux découvrit un grand hall en effervescence. Un magnifique escalier à double volée menait aux étages. Recouvertes d'un tapis rouge, les marches se rejoignaient au-dessus du hall en une courbe harmonieuse. En haut, un vase chinois contenant un bouquet de fleurs multicolores trônait sur une table ancienne au bois lustré. Le soleil jouait à travers un vitrail coloré. Une délicate odeur de jasmin planait dans l'air. Au plafond miroitait un lustre de cristal. Margaux se balança d'un pied sur l'autre, ne sachant où aller. « On se croirait dans *Autant en emporte le vent*, se dit-elle, émerveillée.

— Pardon ! lança une fille plus âgée qu'elle, un étui de violoncelle dans les bras.

— Désolée, murmura Margaux en se rendant compte qu'elle se tenait en plein passage.

Elle s'écarta et posa sa valise sur le parquet ciré, gênée : « Bravo, la nouvelle ! C'est malin de rester plantée là comme une cruche ! »

— Margaux Walsh ?

Une femme brune aux cheveux bouclés s'avança vers elle en souriant, la main tendue.

— Bienvenue au dortoir Adams ! Ne sois pas inquiète : c'est le seul jour de l'année où l'on autorise une telle pagaille. Je suis Mme Herson, la responsable de ce bâtiment. Si tu as des problèmes pour ton installation, viens me voir ; je ferai de mon mieux pour te faciliter les choses.

Le regard pétillant, elle remit un plan à Margaux.

— Noémie Cousins, le chef de dortoir, va te montrer ta chambre.

— D'accord, fit Margaux en saisissant sa valise.

Mme Herson fit signe à une grande fille aux cheveux auburn qui descendait l'escalier.

— Noémie, je te présente Margaux Walsh. Tu la conduiras dans la chambre 2.

Elle se tourna vers Margaux.

— Noémie est vice-capitaine de l'équipe de saut d'obstacles. Vous avez déjà quelque chose en commun.

— C'est vrai ? Bravo ! fit Margaux en serrant la main de la jeune fille. Tout le monde en rêve... enfin, toutes celles qui font du cheval...

La rentrée

Elle se tut, confuse : elle qui trouvait toujours les mots justes bafouillait lamentablement.

Noémie sourit pour la remercier du compliment.

— Ma modestie me dit que ce n'est pas la peine d'en faire tout un plat...

— ... mais ce serait mentir, enchaîna Margaux.

Un peu plus détendue, elle rendit à Noémie son sourire. Puis elle chercha ses parents du regard et leur fit signe de la rejoindre.

Ils suivirent Noémie dans l'escalier. Celle-ci s'arrêta à mi-chemin et pivota vers eux.

— Avant que j'oublie ! dit-elle à Margaux en indiquant deux portes au fond du hall. Le foyer et la salle d'étude des élèves de sixième sont là-bas. Je pense que tu y passeras pas mal de temps...

Tandis que Margaux jetait un coup d'œil par-dessus son épaule, une fille aux cheveux nattés qui dévalait l'escalier en faisant de grands signes à quelqu'un la bouscula au passage.

— Regarde où tu vas, Tania ! s'écria Noémie. Voilà comment on se comporte quand on est en cinquième ! ajouta-t-elle à l'intention de Margaux.

— J'ai entendu ! lança Tania sans se retourner.

Margaux la suivit des yeux, envieuse : elle avait du mal à imaginer qu'elle se sentirait un jour aussi à l'aise qu'elle. Ce manque de confiance soudain ne lui ressemblait pas...

En haut des marches, Noémie tourna à gauche pour suivre un couloir menant à un escalier plus étroit.

— Ta chambre est là-haut, expliqua-t-elle. Moi aussi, quand je suis arrivée ici, j'étais dans la chambre 2. Je crois qu'elle porte bonheur. Chaque année, depuis que je suis là, une des nouvelles qui y logent est prise dans l'équipe d'équitation.

— Je voudrais tellement en faire partie ! avoua Margaux, le cœur battant.

— Il y aura de la concurrence, cette année, fit Noémie. Je pense à Audrey Harrison, qui partage ta chambre.

Elle attendit les parents de Margaux, qui montaient les marches en soufflant.

— Au bout d'un moment, on s'habitue à ces escaliers, leur assura-t-elle. Il y a un vieil ascenseur au fond du couloir, mais Mme Herson nous passe un savon quand on le prend.

Sur ce, Noémie s'engagea dans un large couloir desservant plusieurs chambres, dans lesquelles Margaux aperçut des filles de son âge qui déballaient leurs affaires. Elle était impatiente de découvrir la sienne.

— Voici ta chambre, annonça Noémie en ouvrant une porte. Tu la partageras avec Pauline Harper et Audrey Harrison. Vous avez trois heures pour défaire vos bagages et visiter le campus. À 17 heures, tout le monde se réunira dans la chapelle. Si tu as besoin de quelque chose, poursuivit-elle en s'écartant pour laisser entrer Margaux, viens me voir dans la chambre 5 !

Une fossette se forma sur la joue de Noémie quand elle sourit aux parents de Margaux en prenant congé.

— À tout à l'heure, lança-t-elle avec un dernier signe de la main.

Margaux poussa un soupir : pourvu qu'elle ait fait bonne impression !

— Ravissant ! s'écria sa mère. Tes draps lilas seront parfaitement assortis à ces rideaux à fleurs.

Margaux regarda autour d'elle. La chambre contenait trois petits lits, flanqué chacun d'une penderie en cèdre et d'une coiffeuse avec un panneau rabattable. Celui qui se trouvait juste sous la fenêtre semblait déjà pris. Quatre valises en cuir portant les initiales AAH étaient alignées devant et il était recouvert de sacs et de cartons à chaussures. M. Walsh posa la lourde valise près de la porte et se redressa en se tenant les reins.

— Dire que je pensais que tu avais emporté trop de vêtements ! fit-il en indiquant la montagne de bagages. Je plains celui qui s'est coltiné les marches avec tout ça !

— Eh oui ! répondit Margaux. Je suis facile à vivre, moi !

— Cela fait quand même trois ans que tu nous casses les pieds pour venir ici, répliqua son père.

Margaux savait qu'il aurait préféré qu'elle reste avec eux. Fille unique, elle était très proche de son père. Ils blaguaient sans cesse, allaient à la pêche le week-end et partaient de temps en temps faire une randonnée à cheval. C'est lui qui avait transmis l'amour des chevaux à

Margaux, sans se douter qu'il la pousserait à devenir pensionnaire à six cents kilomètres du domicile familial...

La fenêtre de la chambre donnait directement sur l'écurie. Margaux aperçut un beau hongre bai qui rentrait du paddock.

— Regarde ce pur-sang, fit son père en venant s'accouder près d'elle. Je parie que c'est un bon sauteur. Voilà un cheval qu'il nous faudrait à Riverlea !

Margaux et son père partageaient un rêve : acheter dans l'Ouest un ranch, qu'ils baptiseraient Riverlea. Ils auraient une douzaine de chevaux et du bétail. Margaux savait que ce rêve ne se réaliserait jamais – si elle se passionnait pour le saut d'obstacles, l'élevage du bétail n'était pas son truc –, mais elle aimait en parler avec son père. Parfois juste pour faire enrager sa mère, qui pour rien au monde n'aurait accepté d'aller s'enterrer dans un ranch.

Elle sentit l'excitation la gagner alors qu'elle observait l'animation régnant dans l'écurie. Elle avait passé la plus grande partie de l'été avec ses amies dans un centre équestre. Comme l'instructeur lui avait permis d'essayer différentes montures, elle avait eu l'impression d'avoir une demi-douzaine de poneys à elle... Elle brûlait de se mettre en selle.

— Ces valises sont magnifiques ! s'exclama Mme Walsh en effleurant du doigt le cuir d'un des bagages alignés devant le lit. Je suis sûre d'avoir vu les mêmes chez Takashimaya, dans la 5e Avenue.

— Elles doivent appartenir à Audrey Harrison, glissa Margaux.

— Les Harrison, bien sûr ! s'écria sa mère, le visage rayonnant. Je savais bien que je connaissais ce nom ! J'ai lu dans *Vanity Fair* un article sur eux. Il y avait des photos de leur maison. Superbe ! J'espère que tu deviendras amie avec Audrey.

— Comme si je choisissais mes amies pour la fortune de leurs parents ! protesta Margaux.

— Ce n'est pas ce que ta mère voulait dire, intervint son père d'un ton apaisant. Tu le sais : ici, tu ne trouveras que des filles... euh... de bonne famille.

— Si tu as choisi ton lit, fit Mme Walsh, nous allons t'aider à déballer tes affaires.

— Merci, maman, je le ferai plus tard. Je vais attendre Pauline, et la laisserai choisir. C'est plus sympa.

— Alors, nous allons partir, dit M. Walsh à sa femme. Elle est capable de se débrouiller toute seule. Si nous traînons, elle pourrait se rendre compte que nous allons lui manquer.

— Papa ! s'écria Margaux.

Elle ne voulait pas qu'ils croient qu'elle souhaitait se débarrasser d'eux, mais son envie d'explorer les lieux était trop forte.

Son père la serra dans ses bras et déposa un baiser sur le sommet de sa tête.

— Tu as ton portable. Appelle-nous si tu as besoin de quelque chose... et même si tu n'as besoin de rien.

— Promis, répondit Margaux d'une voix étouffée, la tête enfouie au creux de l'épaule de son père.

En embrassant sa mère, elle comprit que la séparation serait plus difficile qu'elle ne l'avait imaginé. Ce n'était pas la même chose que rester quelques jours chez ses grands-parents ou partir en colonie de vacances.

— Appelle-nous ce soir, dit Mme Walsh. Et n'oublie pas que tante Annie sera près de toi.

— Et de deux cents autres filles ! plaisanta Margaux.

Elle avait été un peu déstabilisée en apprenant que sa tante avait été nommée responsable de la section équitation à Chestnut Hill. Margaux adorait aller la voir dans le Kentucky, où elle élevait des chevaux ; mais, ici, elles n'auraient pas les mêmes rapports... Elle qui rêvait d'indépendance... Par ailleurs, elle craignait qu'il n'y ait des soupçons de favoritisme. Margaux voulait réussir par elle-même.

— Je vous appellerai, promit-elle. Ou bien passez-moi un coup de fil quand vous serez arrivés.

Elle accompagna ses parents jusqu'à la porte et les regarda disparaître au bout du couloir. Quand elle revint dans la chambre, la pièce lui parut très vide... Elle avait une drôle de sensation, un peu comme le trac qu'elle ressentait avant un concours d'équitation. « Calme-toi, se dit-elle. Tu es dans la meilleure école de Virginie, et ton poney préféré t'attend à l'écurie. » Elle s'étendit sur son lit et ferma les yeux.

Il y avait une photo de Morello dans son sac, mais elle n'en avait pas besoin pour avoir devant les yeux l'image de l'un des poneys qu'elle avait montés pendant l'été. À en croire sa tante, Morello était aussi aventureux et malicieux que Margaux. Le jour de leur rencontre, elle l'avait trouvé en liberté, gambadant dans l'écurie à la recherche de fourrage. Annie l'avait aussitôt reconduit dans sa stalle et avait fermé avec soin le portillon : il était capable de soulever le loquet avec ses dents, avait-elle expliqué à sa nièce.

Sans vouloir se vanter, Margaux pensait avoir plu, elle aussi, au poney. À la fin de son séjour, il hennissait quand il la voyait et accourait à l'entrée du paddock pour la saluer.

L'appréhension qu'elle avait éprouvée en apprenant la nomination de sa tante à Chestnut Hill s'était évanouie quand elle avait su que Morello serait du voyage. Et Margaux était heureuse pour Annie. C'était une occasion en or pour elle, un nouveau départ.

La porte s'ouvrit, et Margaux se leva, croyant que ses parents revenaient l'embrasser une dernière fois. Pas du tout : c'était Noémie Cousins. Elle lui sourit et s'effaça pour laisser entrer une petite blonde aux cheveux mi-longs.

Margaux sauta du lit et s'avança vers elle pour l'aider à porter ses bagages.

— Bienvenue dans la chambre 2 ! lança-t-elle d'une voix dont l'assurance l'étonna.

— Merci.

La fille rejeta ses cheveux en arrière, découvrant une jolie frimousse.

— Margaux, dit Noémie, je te présente Pauline. Voilà, installez-vous, mais n'oubliez pas la réunion. À 17 heures !

— Ne t'inquiète pas, on y sera, répondit Margaux.

Elle attendit que Noémie soit sortie pour se tourner vers sa camarade de chambre.

— Je viens du Connecticut. Et toi ?

— Moi, euh... j'ai vécu à Londres. Nous venons d'arriver... Mon père est professeur à l'université de Virginie. Ce sont tes bagages ?

Elle montra les valises alignées devant le lit du fond.

— Non, ce sont ceux d'Audrey Harrison. Première arrivée, première servie ! Mais je ne lui en veux pas.

— Alors, fit Pauline en souriant, il nous reste à choisir un des deux autres lits.

— À toi l'honneur. Je n'ai pas de préférence.

— Si tu n'y vois pas d'inconvénient, fit Pauline en désignant le lit le plus proche de la porte, je prendrai celui-ci.

Elle posa un joli sac à dos en tissu écossais et ouvrit la poche avant pour prendre des photos encadrées.

— Comme il est beau ! s'écria Margaux devant l'image d'un poney alezan franchissant des barres parallèles. C'est le tien ?

— *C'était* le mien, soupira Pauline. Il s'appelle Rocky. Mes parents me l'ont offert pour mes neuf ans, mais j'ai été obligée de le laisser en Angleterre.

— Cela a dû te faire mal au cœur..., dit Margaux.

Elle n'avait jamais eu de poney à elle, mais elle se rappelait à quel point il lui avait été difficile de se séparer de Morello au bout de quinze jours.

Margaux avait très envie de courir à l'écurie, mais, ne voulant pas laisser Pauline seule, elle commença à déballer ses affaires. Elle soupira : elle aurait peut-être mieux fait d'accepter l'aide de ses parents... Il y avait tellement de choses dans ses bagages : uniforme de l'école, tenues d'équitation, vêtements de tous les jours, robes habillées, sans parler des livres et des photos. Au fond d'une des valises elle trouva le panda en peluche baptisé Pudding que sa grand-mère lui avait offert quand elle était toute petite. Elle le secoua, lui redressa le nez et le plaça sur son oreiller.

En croisant le regard de Pauline, Margaux rougit légèrement. « Ça fait peut-être bébé, d'avoir une peluche à mon âge », songea-t-elle. Elle fut rassurée lorsqu'elle vit sa camarade de chambre sortir de son sac un petit ours en peluche et le glisser sous sa couette.

— Pas question de me séparer de Teddy ! déclara Pauline avec un grand sourire.

Margaux éclata de rire et se mit à disposer ses photos. La première montrait ses parents enlacés ; sur la deuxième, elle se tenait à côté de Morello.

— Tu montes aussi ? fit Pauline en se penchant pour mieux voir. Comme il est beau !

— C'est Morello. Il est ici, à Chestnut Hill. Au moment où tu es arrivée, je m'apprêtais à aller faire un tour à l'écurie. Tu veux qu'on y aille ensemble ? On a encore du temps avant la réunion, ajouta-t-elle en regardant sa montre.

— Ce serait chouette, fit Pauline, le visage radieux.

— Alors, en route ! s'écria Margaux en bondissant du lit.

« Tout va pour le mieux, se réjouit-elle. Je ne suis à Chestnut Hill que depuis une heure, et j'ai déjà une copine ! »

2

Dès qu'elle eut franchi la porte de l'écurie, Margaux fut saisie par l'odeur du foin. Elle inspira profondément : là, elle se sentait vraiment bien. « Je serais capable de dormir ici », pensa-t-elle. Elle regarda avec curiosité la longue allée centrale bordée par deux rangées de box. La plupart des chevaux étaient encore au pré, mais elle en compta cinq qui regardaient par-dessus leur portillon, les oreilles pointées, attendant une gâterie. Margaux se tourna en souriant vers Pauline et l'entraîna dans l'allée.

Devant une stalle, un groupe de filles admirait un poney rouan encore harnaché. Margaux ralentit. Elle était sûre d'avoir déjà vu la grande blonde qui avait les doigts enfouis dans la crinière du rouan. Comme si elle avait senti son regard, la fille tourna les yeux dans sa direction. Tandis que Margaux fouillait dans ses souvenirs, le poney passa la tête par-dessus la porte de son box. Elle plissa les yeux pour lire le nom gravé sur sa plaque de cuivre : Bluegrass.

La lumière se fit dans son esprit : elle avait vu cette fille à Rhode Island, au cours de l'été. Mais son nom lui échappait toujours.

— Bonjour, fit la blonde d'une voix chaleureuse. On se connaît, non ?

— On s'est rencontrées au concours de Red Valley, en juillet. C'est bien à toi que j'ai prêté ma bombe d'insecticide ?

— Ça y est, ça me revient ! De l'Absorbine ! Bluegrass est allergique aux autres produits.

— Hé, les filles ! lança Tania, l'élève de cinquième qui avait bousculé Margaux dans l'escalier, en s'avançant vers le petit groupe. Vous connaissez la nouvelle ?

Elle s'interrompit pour s'assurer qu'elle était le centre de l'attention générale.

— Élisabeth Mitchell n'est plus là, annonça-t-elle. Partie à Allbright !

— Je le sais depuis un moment ! prétendit une fille aux cheveux bruns coupés au carré. Il paraît que la nouvelle directrice de la section équitation s'appelle Annie Carmichael et qu'elle vient du Kentucky.

— Non mais, c'est une blague, Patty ! fit Tania, les yeux écarquillés. On ne prépare que des jockeys là-bas !

Margaux, agacée, faillit protester : « On n'élève pas que des chevaux de course dans le Kentucky ! » Annie ne méritait pas d'être traitée de la sorte ! Elle se retint pourtant d'éclater pour ne pas entrer en conflit avec ses nouvelles camarades.

La blonde qu'elle avait vue au concours de Red Valley tendit un bonbon à la menthe à Bluegrass.

— Ma sœur, Rachel, était capitaine de l'équipe de saut d'obstacles qui a gagné le championnat interétablissements, l'année dernière. Elle disait le plus grand bien d'Élisabeth Mitchell. La nouvelle a intérêt à être à la hauteur ! Là, il ne s'agit pas seulement de foncer vers la ligne d'arrivée !

— Ne t'inquiète pas, elle ne fera pas de vieux os ici si les résultats ne suivent pas, commenta Patty au milieu des rires.

Le rouge aux joues, Margaux avait toutes les peines du monde à se contenir. Comment pouvaient-elles se moquer ainsi de quelqu'un qu'elles ne connaissaient pas ? Elle fit un pas en arrière : si elle restait une seconde de plus, elle risquait de dire quelque chose qu'elle regretterait.

— On se retrouve plus tard ! déclara-t-elle.

En se retournant, elle surprit le regard étonné de Pauline. Les dents serrées, elle s'éloigna vers le fond de l'écurie, sa camarade de chambre sur les talons.

Une jument grise remua la tête à leur passage, attendant visiblement qu'on s'occupe d'elle. Margaux poursuivit son chemin : elle cherchait Morello.

Elle finit par entendre un hennissement familier au bout de la rangée de box. La tête brun et blanc de Morello apparut au-dessus du portillon. Des brins de foin se dressaient sur son front : il avait dû se frotter contre sa mangeoire.

— Bonjour, toi ! fit Margaux en souriant. Je vois que tu as repris tes habitudes.

Elle tendit la main pour que Morello la sente, puis lui retira le foin coincé dans sa crinière.

— Tu te plais, ici ? reprit-elle en appuyant sa tête contre le cou du poney.

— Comme il est beau ! s'écria Pauline dans son dos. Encore plus craquant qu'en photo. Tu as de la chance d'avoir ton poney ici.

Margaux fouilla dans sa poche pour prendre un biscuit. Elle secoua la tête : même si elle avait noué des liens très forts avec lui pendant l'été, Morello ne lui appartenait pas. Elle s'apprêtait à l'expliquer à Pauline quand une autre voix s'éleva derrière elle :

— Il attend qu'on lui donne un peu d'affection. Je crois qu'il a le mal du pays.

Margaux se retourna et découvrit sa tante, qui la regardait d'un air bizarre. Elle rougit jusqu'aux oreilles. « Elle a dû croire que j'ai dit à Pauline que Morello était à moi ! » pensa-t-elle, confuse.

— Je suis Mme Carmichael, la nouvelle responsable de l'équitation, fit Annie en s'essuyant les mains sur son pantalon.

— Pauline Harper...

— Je vois que tu as déjà fait la connaissance de Morello. Je l'ai amené ici avec mon autre cheval, Quince. Son box est de l'autre côté, et il se sent seul, lui aussi.

Pauline lança un regard perplexe à Margaux, qui s'en voulait terriblement de ne pas avoir rétabli la vérité tout de suite. Elle allait être prise pour une menteuse !

— Votre installation se passe bien ? demanda Annie en passant la main dans ses cheveux courts.

— Tout va bien, merci, répondit Pauline. Et les chevaux sont si beaux !

Margaux garda le silence : elle redoutait d'aggraver les choses si elle ouvrait la bouche.

— Eh bien, dit Annie en souriant, rendez-vous lundi, pour notre première leçon. Nous ferons une évaluation pour savoir quel niveau du programme d'équitation convient à chacune de vous.

— J'espère entrer dans le groupe intermédiaire, déclara Pauline. J'aime le jumping, mais cette année je voudrais travailler aussi le dressage.

— Nous serons bientôt fixées, reprit Annie en arrangeant la couverture de Morello. Ne t'inquiète pas, Pauline, le test n'est pas difficile. À lundi ! lança-t-elle en s'éloignant.

Elle s'arrêta un peu plus loin pour échanger quelques mots avec une fille qui ouvrait la porte du box de la jument grise.

— Elle a l'air sympa, fit Pauline en se tournant vers Margaux. J'espère qu'elle plaira aux autres.

— Oui, répondit distraitement Margaux sans quitter sa tante des yeux.

Elle était très mal à l'aise : Pauline devait se demander pourquoi elle avait fait comme si Morello était à elle, et pour quelle raison elle avait une photo du poney de la nouvelle directrice dans ses bagages... Mais comment trouver une explication convaincante sans révéler qu'Annie était sa tante ? Elle avait décidé qu'elle serait Margaux Walsh, pas la nièce d'Annie Carmichael. Tant pis, elle dirait la vérité plus tard, quand elle serait assurée d'avoir des amies fidèles.

— Allons jeter un coup d'œil dans l'autre bâtiment, proposa-t-elle.

— D'accord, fit Pauline en traversant l'allée pour ouvrir la porte d'une stalle à une fille qui menait un alezan par la bride.

La fille fit claquer sa langue et tapota l'encolure du poney pendant qu'il entrait dans son box.

— Merci. Je peux te demander un service ? S'il te plaît, va dans la sellerie me chercher la couverture de Rose. J'avais demandé qu'on la mette dans son box, mais elle n'y est pas. On te dira où se trouvent les affaires de Paige Cox.

— Désolée, nous partons, intervint Margaux en faisant signe à Pauline de la suivre. Nous avons à faire !

L'écurie était si grande ! Il y avait encore plein de choses à découvrir avant la fin du week-end.

Margaux et Pauline se perdirent deux fois dans les couloirs du dortoir en retournant dans leur chambre.

— La prochaine fois, fit Margaux en riant, il faut qu'on attache une pelote de ficelle à la poignée de la porte et qu'on la déroule derrière nous !

Lorsqu'elles entrèrent dans la chambre, il leur fallut quelques secondes pour se rendre compte qu'elles n'étaient pas seules. Une fille était en train de fixer sur un panneau des photos d'elle-même et d'un superbe poney rouan. Elle se retourna en faisant passer ses cheveux longs par-dessus son épaule d'un geste étudié. Margaux se figea : Audrey Harrison, la fille aux mille bagages, était la blonde de l'écurie, celle qui avait mis en question les compétences de sa tante ! C'est vrai qu'elle n'avait pas été la seule à critiquer la nouvelle directrice sans même la connaître, mais Margaux l'avait trouvée particulièrement dure.

— Salut, les filles ! Tiens, c'est vous, mes camarades de chambre ! Je m'appelle Audrey Harrison. On s'est vues à l'écurie, mais je ne connais pas vos noms.

Comme elle se montrait très aimable, Margaux décida d'oublier l'incident, tout en restant sur ses gardes.

— Alors, que pensez-vous de ma composition ? demanda Audrey lorsqu'elles se furent présentées.

Elle venait de punaiser une photo qui la montrait en maillot de bain, étendue au bord d'une piscine, devant une luxueuse demeure.

— Je connais déjà le campus comme ma poche, poursuivit-elle sans laisser aux autres le temps de placer un mot. Mes deux sœurs ont fait leurs études ici.

Margaux entendit la porte s'ouvrir dans son dos. Patty, la fille brune qu'elles avaient vue dans l'écurie, entra sans se donner la peine de frapper.

— Salut ! fit-elle en s'avançant vers la photo de Rocky posée sur la table de chevet de Pauline. Audrey et moi, on admirait ton poney tout à l'heure. Il est si mignon ! Tu l'as amené ici ?

— Malheureusement, non, répondit Pauline en souriant.

— Nous avions envie d'aller voir les courts de tennis, intervint Audrey. Tu veux nous accompagner ? Tu pourrais nous parler de ton poney.

À en juger par son ton détaché, elle n'était pas vraiment intéressée par ce que Pauline avait à raconter sur Rocky.

— Tu peux venir aussi, si ça te dit, ajouta-t-elle en s'adressant à Margaux.

— Je vais prendre l'option tennis, déclara Pauline. J'adorais y jouer en Angleterre. Mon père m'a même offert des billets pour le tournoi de Wimbledon.

— Quelle chance ! s'écria Audrey. J'avais très envie d'y aller cet été, mais ma mère n'a pas voulu interrompre notre croisière en Méditerranée. Elle avait peur d'avoir froid ! À la place, nous avons passé quelques jours à Monaco et en Toscane. Je dois dire que c'était pas mal...

— Alors, Pauline, tu es anglaise ? fit Patty, les yeux brillant de curiosité. Ce doit être excitant de vivre dans un pays chargé d'histoire ! Tu connais le prince William ?

— Non, répondit Pauline, légèrement embarrassée. J'ai un ami à Eton, mais les princes sont bien plus âgés que nous, alors...

— Mon père avait pensé m'envoyer faire mes études en Europe, l'interrompit Patty. J'attends de voir sa tête quand il apprendra qu'il y a une Anglaise à Chestnut Hill !

Margaux retint un mouvement d'agacement. Ces deux filles traitaient Pauline comme un phénomène de foire.

Audrey regarda sa montre.

— Si nous voulons aller voir les courts de tennis, il faut le faire maintenant. Il reste moins de deux heures avant la réunion.

En ouvrant la porte, elle se tapa le front.

— J'allais oublier... J'espère que tu ne m'en voudras pas, Margaux, mais j'ai rangé des trucs à toi dans ta penderie. Comme ton lit est au milieu de la pièce, elles me gênaient. Tu feras attention de ne pas laisser traîner tes affaires par terre.

Margaux sourit.

— Eh bien, si elles te gênent, tu n'as qu'à les enjamber !

Audrey lui lança un regard ébahi.

« Laisse tomber ! se dit Margaux. L'humour, ça ne marche pas avec elle. »

— Tu viens avec nous ? lui demanda Pauline.

— Je ne pense pas, non, répondit-elle en faisant une grimace. Je joue au tennis comme un pied.

— Alors, à tout à l'heure ! fit Pauline en sortant.

Margaux se laissa tomber sur son lit et croisa les mains derrière sa nuque. Elle avait la chambre pour elle toute seule ! Elle avait l'intention de profiter de ce moment de tranquillité ; avec Audrey et Patty, cela ne se reproduirait pas de si tôt...

Vingt secondes plus tard, elle mettait ses bottes, qu'Audrey avait fourrées dans sa penderie. Elle attrapa sa bombe, sortit comme une flèche de la chambre et dévala l'escalier. Elle n'allait quand même pas perdre son temps à rêvasser alors qu'il y avait des chevaux à portée de la main !

3

Margaux fila droit à l'écurie ; il lui restait une bonne heure pour découvrir quelques-uns des poneys. Audrey étant partie voir les courts de tennis, elle allait commencer par Bluegrass.

Le rouan était un cheval d'une grande élégance. Il avait une robe sombre et luisante, et des crins argentés brillaient dans sa crinière soyeuse et sa queue. Margaux lui flattait l'encolure quand un bruit de sabots se fit entendre dans l'allée. Annie Carmichael approchait, menant par la longe un poney gris.

— Je suis contente de te voir, Margaux, dit-elle avec gentillesse. Peux-tu aller chercher un licou dans la sellerie et rentrer Muscade ? C'est une petite pouliche, que tu trouveras dans le dernier paddock. Je n'ai pas réussi à l'attraper. Tu me rendrais un grand service ! Julie et Elsa vont commencer à distribuer les granulés, et j'ai trois chevaux à aller chercher avant la réunion.

— D'accord, fit Margaux, heureuse de pouvoir donner un coup de main à sa tante.

Annie avait dû avoir une journée drôlement chargée !

— La sellerie est tout au bout, en face du box de Morello, cria Annie tandis qu'elle s'éloignait à grandes enjambées.

Si Muscade faisait des manières pour rentrer à l'écurie, il n'y avait pas de temps à perdre ! Margaux ne se voyait pas arriver en retard à la réunion le jour de la rentrée...

Fonçant au pas de course sur le sentier qui menait au paddock, elle croisa une blonde aux cheveux bouclés qui conduisait un palomino à l'écurie.

— Tu vas chercher Muscade ? lança-t-elle en désignant le licou jeté sur l'épaule de Margaux.

— Comment le sais-tu ?

— Il ne reste plus qu'elle. Cette pouliche est un amour ! Elle ferait n'importe quoi pour avoir un gâteau, mais quand elle décide de ne pas se laisser faire...

— Elle a envie de jouer, sans doute.

— C'est ça ! fit la fille en riant. Bonne chance !

— Merci. Je crois que j'en aurai besoin. Tu t'appelles Elsa ?

— Raté ! Moi, c'est Julie !

La blonde tira sur la longe du palomino et se remit en route.

Margaux s'élança vers le paddock en roulant les épaules comme un boxeur qui monte sur le ring.

La rentrée

— À nous deux, Muscade, dit-elle à mi-voix. Tu vas voir ce que tu vas voir ! Je ne suis pas du genre à me laisser impressionner par une pouliche capricieuse.

Elle fut surprise de voir la jument juste à l'entrée du paddock, la tête au-dessus de la barrière, les oreilles pointées, comme si elle l'attendait. En s'approchant, elle aperçut des traces de boue séchée sur sa croupe.

Margaux cacha le licou sous son bras et grimpa sur la barrière tout en parlant à Muscade d'une voix douce :

— Bonjour, toi ! Que tu es belle ! Comment as-tu fait pour te salir comme ça ? Tu t'es roulée par terre ? Je vais bien t'étriller quand nous serons rentrées. Et tu pourras manger. Il paraît qu'il y a de la mélasse au menu.

Sans cesser de parler, elle fouilla dans sa poche pour prendre un biscuit.

— Tu veux une petite douceur ? fit-elle, la main tendue. Tiens, ma grande... Oh !

Muscade happa le biscuit à la vitesse de l'éclair et s'écarta vivement en lançant une ruade.

— Espèce d'ingrate ! marmonna Margaux, amusée, tandis que la pouliche s'arrêtait pour l'observer de loin.

Un éclat de rire s'éleva derrière Margaux. Elle se retourna d'un bloc et vit une fille brune aux cheveux bouclés et aux yeux bleus pétillants accoudée à la clôture.

— Une belle pouliche, c'est vrai, mais pas très docile ! commenta-t-elle.

— L'obéissance, c'est pas son truc ! répondit Margaux en haussant les épaules.

— Tu veux un coup de main ?

— Il faudrait qu'on soit au moins une dizaine, et qu'on ait des lassos, soupira Margaux. Mais si tu veux tenter ta chance, vas-y. Au fait, je m'appelle Margaux Walsh. Dortoir Adams.

— Laurie O'Neil, dit la brune. Nous sommes dans le même bâtiment.

En voyant le pantalon usagé et les vieilles bottes de Laurie, Margaux l'avait prise pour une des filles qui s'occupaient des chevaux pendant les grandes vacances. Eh bien, non seulement Laurie était une élève, mais elles logeaient dans le même dortoir.

— Tu as un plan ? demanda-t-elle.

— Disons que j'ai une idée, répondit la jeune fille en saisissant le licou. Viens avec moi, ajouta-t-elle avec un grand sourire.

Elle s'avança vers Muscade, qui broutait l'herbe tout en observant le moindre mouvement des deux filles, prête à se sauver.

Laurie glissa le licou sous sa chemise.

— Je te préviens, je vais faire quelque chose d'un peu bizarre...

— Vas-y, fit Margaux en se demandant ce qu'elle avait dans la tête. Mais méfie-toi, cette pouliche a plus d'un tour dans son sac.

— Que le spectacle commence ! fit Laurie en riant.

Ébahie, Margaux la vit se mettre à quatre pattes et se diriger vers la barrière. Muscade cessa aussitôt de brouter pour la suivre des yeux, l'air intrigué. Laurie se glissa sous la barrière et avança dans le paddock : on aurait dit une tortue géante. Margaux se retint de rire. Elle ne voyait pas comment cette fille comptait attraper Muscade en s'éloignant d'elle. Mais la manœuvre avait attiré l'attention de la pouliche, qui fit quelques pas hésitants dans la direction de Laurie avant d'accélérer.

Margaux observait la scène, impressionnée : la pouliche, poussée par la curiosité, rejoignit cette drôle de tortue et effleura son dos avec ses naseaux. Très lentement Laurie leva le bras vers le cou de Muscade et fit passer le licou en douceur par-dessus ses oreilles.

Margaux poussa un cri de joie et s'élança dans le paddock.

— Où as-tu appris ce tour ?

— C'est mon moniteur qui me l'a montré, répondit Laurie en caressant Muscade entre les yeux.

Elle entraîna la pouliche vers la barrière.

— Quand j'ai commencé à faire du cheval, poursuivit-elle, chacun devait attraper son poney pour le seller et lui mettre la bride. Le mien s'appelait Ivan. Il se sauvait tout le temps ! Il n'y avait que ce coup-là qui marchait.

— Cela m'aurait été bien utile dans le Connecticut, soupira Margaux. Il y avait des drôles de malins ! Mais pas aussi rusés que toi ! dit-elle en flattant l'encolure de Muscade. Où as-tu appris à monter à cheval, Laurie ?

La jeune fille hésita un peu avant de répondre :

— À la Chênaie.

— Alors, tu habites tout près d'ici. Tu es externe ?

— Non. Je te l'ai dit, je suis pensionnaire.

— C'est vrai ! Excuse-moi.

Margaux eut l'impression que Laurie ne tenait pas à poursuivre cette conversation. Elle décida de ne pas insister et de lui laisser faire le premier pas, si elle désirait parler. La tête baissée, le visage caché par ses cheveux, Laurie tortillait en silence l'extrémité du licou entre ses doigts. Margaux se sentit mal à l'aise : avait-elle dit quelque chose qui ne lui avait pas plu ? Puis elle résolut de ne plus y penser. Finalement, ce n'était pas désagréable de marcher avec quelqu'un sans avoir à papoter.

À l'approche de l'écurie, la pouliche pressa le pas, visiblement impatiente de savourer la nourriture qu'on lui avait promise.

Annie Carmichael apparut à la porte du bâtiment.

— Bravo, lança-t-elle à Margaux, tu as réussi à l'attraper, cette tête de mule !

— En fait, c'est Laurie qui l'a eue par ruse, rectifia Margaux.

— Félicitations ! Je suis contente que vous ayez fait connaissance. Vous serez toutes les deux dans le groupe de niveau intermédiaire.

— Génial ! s'écria Margaux.

Elle avait craint de ne pas être acceptée dans ce groupe. Et voilà, c'était chose faite !

Le programme du groupe comprenait du dressage, du saut d'obstacles et du cross-country dans la campagne vallonnée qui entourait l'école. Les élèves pourraient aussi apprendre à monter en amazone.

— Voulez-vous m'aider encore un peu ? demanda Annie en saisissant le licou de Muscade. Colorado et Marlin n'ont pas fait d'exercice aujourd'hui ; je m'apprêtais à les faire travailler à la longe. Si vous pouviez les seller et les conduire au manège, je vous donnerais une petite leçon d'une demi-heure. Ce serait sympa, non ?

— Je suis partante ! s'écria Margaux en échangeant un sourire avec Laurie.

— J'aimerais voir comment tu te débrouilles avec Colorado, Margaux, fit Annie. Ce ne sera pas facile : il est têtu comme un mulet. Toi, Laurie, tu prendras Marlin. On se retrouve au manège.

Les deux filles allèrent chercher les harnais dans la sellerie et se séparèrent devant les stalles.

— Bonjour, Colorado, lança Margaux en entrant dans le box d'un grand poney louvet à la belle robe luisante.

Il traversa le lit de paille pour s'avancer vers elle. Avant de lui mettre le harnais, Margaux lui fit sentir sa main.

— Si tu travailles bien, tu auras quelque chose plus tard, dit-elle en passant le mors au cheval, qui ne se fit pas prier pour ouvrir la bouche.

Elle était ravie de monter dès son arrivée à Chestnut Hill. « Si je pouvais sortir Morello, ce serait parfait ! » songea-t-elle. Elle passa la bride à Colorado en se disant qu'elle aurait bientôt l'occasion de retrouver son poney préféré.

— Ça y est, j'ai fini ! cria Laurie par-dessus la cloison. Et toi ?

— Pas possible ! Comment tu fais ? Tu as quatre mains ou quoi !

— Non, non, je n'en ai que deux. Mais elles sont très agiles.

Margaux se dépêcha d'installer la selle sur le dos de Colorado. Quand elle fut prête, elle alla rejoindre Laurie, qui montait un cheval bai. Après avoir réglé la sangle, elle se hissa sur Colorado avec légèreté et fit claquer sa langue pour le faire avancer. Côte à côte, les deux chevaux se dirigèrent vers le manège. Margaux remarqua que la foulée de Colorado était courte : elle aurait certainement à se servir de ses jambes et à être bien en selle pour se faire obéir.

Annie Carmichael les attendait au centre du manège. Margaux trouva que sa tante, grande et mince, avait de l'allure.

— Bon, fit-elle. Écartez-vous l'une de l'autre et faites quelques tours au petit trot.

Marlin partit aussitôt. Margaux le laissa prendre un peu d'avance et, d'une pression des jambes, ordonna à Colorado de le suivre. Le cheval se raidit et secoua la tête en signe de protestation. Elle accentua la pression de ses jambes, et le poney finit par prendre le trot. Cependant, tout le temps que dura l'exercice, il résista, montrant qu'il aurait préféré retourner dans son box.

La rentrée

— Au pas ! cria Annie à la fin du troisième tour. Venez au centre ! Laurie, tu t'es bien débrouillée avec Marlin. On ne dirait pas que c'est la première fois que tu le montes ! J'aimerais juste le voir réagir un peu plus vite, poursuivit-elle en souriant. Je voudrais que tu te serves des rênes, en douceur. Là, il t'écouterait vraiment. D'accord ?

— D'accord, fit Laurie en tapotant l'encolure de son poney.

— À nous, maintenant, reprit Annie en se tournant vers sa nièce. Colorado n'a pas travaillé. Plus fort, les jambes ! C'est un cheval qui a besoin d'être tenu. Si tu veux qu'il t'obéisse, il faut que tu lui fasses comprendre qui commande.

Margaux n'en revenait pas de la sévérité de sa tante : elle n'avait pas monté Colorado plus de cinq minutes ! Annie ne lui avait pas donné sa chance. « C'est ça, ne prends surtout pas de gants avec moi ! pensa-t-elle avec amertume. Je vois que je n'ai pas la moindre indulgence à attendre de toi... »

— Je veux que tu le fasses trotter en rond, à l'autre bout du manège, dit Annie en reculant. Sois ferme dans tes étriers !

Laurie lança un regard compatissant à Margaux qui, pour masquer ses sentiments, répondit par une grimace en enfonçant les talons dans les flancs de Colorado.

— Ho ! Plus doucement ! cria Annie.

Margaux continua de talonner le poney. Elle comprit que sa tante avait raison : pour obtenir ce qu'elle voulait, elle ne devait pas relâcher la pression de ses jambes. Les dents serrées, elle persévéra. Elle perdit le compte des tours. Les cuisses lui faisaient de plus en plus mal. Elle sentit une énorme satisfaction quand Colorado baissa enfin la tête et prit le galop. La foulée du hongre se fit puissante. Margaux ne put s'empêcher d'avoir un sourire de triomphe.

— C'est bien, Margaux, reviens ! cria Annie par-dessus son épaule.

Toute son attention semblait concentrée sur Laurie, qui menait sa monture au petit galop à l'autre bout du manège. Un peu vexée, Margaux détendit les muscles de ses jambes et caressa l'encolure moite de Colorado avant de le ramener au pas au centre de l'enclos. Elle regarda Laurie, et dut reconnaître que la grande brune faisait du bon travail avec Marlin... Légère et souple, elle se servait de ses mains de façon imperceptible ; ses longues jambes lui donnaient une posture pleine d'élégance. Les joues rouges de plaisir, les yeux brillants, elle fit prendre le trot à son cheval.

— Vous aviez raison, madame Carmichael. Il faut le guider en douceur.

— C'était parfait, Laurie, déclara Annie.

— Margaux aussi s'est bien débrouillée avec Colorado ! fit remarquer la jeune fille en souriant.

— C'est vrai, fit Annie avec un hochement de tête approbateur. Tu as bien utilisé le mors, Margaux, mais il faut que tu te serves un peu plus de ta jambe intérieure pour le faire tourner.

Margaux prit un air renfrogné. D'une seule phrase, sa tante venait de balayer toutes ses bonnes sensations. Elle ne savait plus que dire. Pas question de tout accepter avec humilité ni, comme le faisait Laurie, d'approuver tout ce qu'Annie disait.

Aussitôt, le rouge lui monta aux joues : elle n'avait pas à en vouloir à Laurie. Elle tripota nerveusement la crinière de Colorado.

— Cela suffira pour aujourd'hui, annonça Annie. Faites encore quelques tours au pas pour leur permettre de se calmer, et direction l'écurie ! On se voit à la réunion. N'oubliez pas que l'uniforme est obligatoire.

Margaux laissa les rênes filer entre ses doigts pour que Colorado puisse étirer son cou.

— Je suis contente de te revoir sur un cheval, ajouta sa tante.

Margaux crut que cette phrase lui était adressée ; mais, quand elle tourna la tête, elle vit qu'Annie parlait à Laurie, la main sur l'encolure de Marlin.

« Elle a dû monter à Chestnut Hill cet été, se dit-elle, perplexe, quand sa tante fut partie. Sinon, comment se connaîtraient-elles ? » C'était probable, puisque Laurie vivait tout près de l'école. En temps normal, Margaux lui aurait simplement posé la question, mais elle n'avait pas oublié la réticence de sa camarade à aborder ce sujet.

De toute façon, il n'y avait plus de temps à perdre : la réunion commençait dans vingt minutes. Elle ne tenait pas à manquer le coup d'envoi de l'année scolaire.

4

Margaux passa la veste grise sur le pull bleu marine et se tourna vers Pauline.

— C'est comme ça qu'on porte l'uniforme en Angleterre ? demanda-t-elle en indiquant l'étiquette accrochée à la manche de sa veste. Ou alors tu veux lancer une nouvelle mode ?

— Mince ! s'écria Pauline. Je ne l'avais pas vue...

— Je dois avoir des ciseaux dans ma trousse de toilette, déclara Margaux en commençant à fouiller dans sa table de nuit.

— Pas la peine ! lança Audrey, qui avait fini de se changer. Je m'en occupe.

Elle était très élégante dans son uniforme. Sans que Margaux comprenne pourquoi, il paraissait mieux coupé que le sien. « Pourquoi ai-je l'air de flotter dans mon blazer, alors qu'elle ressemble à Britney Spears jeune ? » Elle n'aurait pas été étonnée d'apprendre que le couturier personnel d'Audrey logeait dans sa magnifique demeure. Elle avait l'impression de connaître parfaitement la maison des Harrison, dont les photos occupaient tout le panneau de la chambre.

Audrey s'avança, une trousse à ongles en veau retourné à la main.

— Et voilà, fit-elle en détachant proprement l'éti-quette.

— Allons-y, dit Margaux, il est tard !

Elle se regarda une dernière fois dans le miroir et retira un brin de paille accroché dans ses cheveux.

— Merci, les filles ! lâcha-t-elle. Vous m'auriez laissée partir avec de la paille sur la tête.

— J'ai cru que tu voulais lancer une nouvelle mode, déclara Audrey, le visage impassible.

— Un partout ! soupira Margaux.

— Je n'avais pas vu, lui glissa Pauline, sinon, je te l'aurais dit.

— Alors, vous êtes prêtes ? lança Audrey en sortant de la chambre.

— Attendez-moi ! J'arrive, fit Margaux en passant les doigts dans ses cheveux.

Elle aussi avait les dents blanches, et du charme à revendre !

Elles se joignirent à la file des pensionnaires qui entraient dans la chapelle par une porte voûtée à double battant. Une odeur de renfermé flottait dans l'air. Des rayons de soleil perçaient à travers les vitraux et jouaient sur le parquet de chêne et les bancs cirés. Margaux suivit Pauline et Audrey jusqu'aux premiers rangs, où les nouvelles avaient déjà pris place. Les professeurs étaient rassemblés devant l'autel, face aux élèves. Margaux passa en revue les visages solennels et finit par apercevoir sa tante, vêtue comme les autres d'une toge noire.

Assise au deuxième rang, Patty fit signe à Audrey de venir à côté d'elle. Margaux fronça les sourcils en voyant l'espace exigu qui restait sur le banc.

— Peux-tu te pousser un peu, Patty ? demanda Audrey en s'asseyant.

Quand Pauline se fut installée à son tour au bout du banc, Margaux croisa les jambes et respira un grand coup. Au même moment, elle entendit Audrey ricaner.

— Vise un peu les pompes de la directrice de l'équitation, chuchota-t-elle à l'oreille de Patty.

Margaux suivit leur regard et découvrit les bottes en caoutchouc boueuses qui dépassaient de sous la toge de sa tante.

— Très tendance ! répondit Patty sur le même ton.

Margaux enfonça les ongles dans la paume de sa main : « Pourquoi leur donnes-tu des armes contre toi, tante Annie ? » Elle n'avait pas encore digéré la leçon d'équitation, mais elle aurait préféré que sa tante ne prête pas le flanc aux railleries. Elle sentit peser sur elle le regard de Pauline.

— Tu sais où je pourrais acheter les mêmes ? reprit Patty.

— Au fin fond de la cambrousse, répondit Audrey, pince-sans-rire.

Les murmures se turent quand un bruit de pas résonna dans la chapelle. Toutes les têtes se tournèrent vers la directrice, le Dr Angela Starling, qui remontait l'allée centrale, sa toge ondulant à chacun de ses pas. Elle avait de longs cheveux bruns ramassés en un chignon qui lui donnait l'air un peu sévère. Elle gravit les marches et ouvrit le gros livre posé sur le pupitre. Cependant, au lieu de lire, elle leva la tête et sourit à l'assemblée.

— Bienvenue à Chestnut Hill ! Je suis très heureuse de vous accueillir pour cette nouvelle année scolaire.

Elle avait une voix grave et mélodieuse qui portait jusqu'au fond de la chapelle.

— Pour commencer j'aimerais m'adresser à nos nouvelles élèves.

Un frisson d'excitation parcourut les premiers rangs. Margaux sentit la joie l'envahir à l'idée de passer les six années à venir à Chestnut Hill. Derrière la directrice, sur de grandes plaques de bois, on voyait, gravée en lettres dorées, la longue liste des élèves de l'école qui avaient fait carrière dans la recherche ou l'enseignement.

— Comme vous le savez, reprit Mme Starling, nous sommes très exigeants. Le plus ancien pensionnat de Virginie ne peut que viser l'excellence. Pour chacune de vous, le fait d'être ici, dans cette chapelle, prouve qu'elle est digne de fréquenter notre établissement. S'il est vrai qu'il faudra se montrer à la hauteur, cela ne signifie pas nécessairement que vous devrez marcher sur les traces de celles qui vous ont précédées. Chacune de vous se distinguera à sa manière. Ce sera notre rôle, à nous, enseignants, de mettre en valeur ce qu'il y a de meilleur en vous. Avant de passer aux hymnes, poursuivit la directrice, je voudrais souhaiter la bienvenue à Annie Carmichael, notre nouvelle responsable de l'équitation et instructrice en chef. Chestnut Hill, vous le savez, a une tradition équestre de haut niveau. Je ne doute pas que Mme Carmichael maintiendra la qualité de nos équipes et ne permettra pas que le trophée du championnat reste entre les mains de l'Académie Allbright !

Mme Starling s'interrompit quelques instants tandis que quelques acclamations s'élevaient dans l'assistance.

— Encore une bonne nouvelle ! Nous avons le plaisir d'accueillir parmi nous une élève de sixième qui est la lauréate d'une bourse prestigieuse, le Rockwell Award.

Margaux sentit Audrey se crisper à côté d'elle ; des murmures de curiosité parcoururent les premiers rangs. Pauline lança un regard interrogateur à Margaux, qui secoua la tête : elle n'avait jamais entendu parler de cette bourse.

— Je parie que c'est Audrey Harrison, chuchota une voix dans leur dos. Elle a remporté trois concours de catégorie A cette année.

« Je suis sûre que si cette prétentieuse avait gagné quelque chose nous le saurions déjà », songea Margaux en se retenant de sourire.

— Il y a quinze ans, Diane Rockwell a représenté les États-Unis aux jeux Olympiques. En témoignage de reconnaissance pour la formation qu'elle a reçue à Chestnut Hill, elle offre à l'une de nos élèves cette bourse destinée à permettre à des jeunes filles de réaliser leurs ambitions.

La directrice prit un verre d'eau et but une petite gorgée avant de conclure :

— Permettez-moi de vous présenter la lauréate de cette année, Laurie O'Neil.

Les filles commencèrent à s'agiter et à tourner la tête dans tous les sens pour découvrir qui, parmi les nouvelles, était la vedette. Margaux se pencha pour regarder au bout de son banc, où Laurie, rouge comme une pivoine, gardait les yeux baissés. Voilà qui expliquait le fait que sa tante la connaissait déjà ! Mais pour quelle raison elle-même n'avait-elle rien dit quand elles étaient dans l'écurie ? À sa place, Margaux n'aurait pas pu tenir sa langue !

— Je ne l'ai jamais vue, cette fille, et pourtant j'ai participé à tous les concours de catégorie A en Virginie, glissa Audrey à l'oreille de Margaux. Je serais curieuse de savoir comment elle a réussi à attirer l'attention de Diane Rockwell !

— Elle ne participait peut-être pas aux grands concours, fit Margaux en haussant les épaules.

— Alors, comment elle a fait pour avoir cette bourse ? siffla Audrey.

Margaux fut soulagée d'entendre les notes de l'orgue résonner dans la chapelle, annonçant la première hymne. Elle se leva et joignit sa voix au chœur des élèves. Elle était heureuse pour Laurie. D'ailleurs, elle aurait été heureuse pour n'importe qui d'autre qu'Audrey. Elle ne la connaissait que depuis quelques heures, et déjà elle avait pris en grippe cette snob qui ne cessait de se mettre en valeur. « Moi, moi, moi ! »... Avec elle comme concurrente, la lutte promettait d'être chaude pour rejoindre l'équipe de saut d'obstacles !

Tout essoufflée, Margaux entra dans le foyer du premier cycle après avoir mis un temps fou à se changer. Elle avait dit à Audrey et à Pauline qu'elle viendrait un peu plus tard, mais elle ne s'attendait pas à arriver la dernière...

— Margaux !

Pauline, assise au fond de la salle, lui faisait de grands signes.

À la fin de la réunion dans la chapelle, Mme Starling avait annoncé que des pizzas seraient servies pour le dîner dans leurs bâtiments respectifs. Habituellement, les pensionnaires prenaient leurs repas ensemble dans la cafétéria. Ce dîner exceptionnel devait leur donner la possibilité de faire connaissance.

Margaux prit place sur un canapé, à côté d'Audrey et de Pauline. Patty était assise en face, sur un autre canapé, avec deux filles que Margaux avait vues dans la chapelle. Laurie occupait un fauteuil, une jambe repliée sous elle ; une autre fille, portant des lunettes, était installée sur un vieux siège.

— Je vous présente Y Lan Chang, fit Patty en posant la main sur l'épaule de sa voisine, une petite brune aux cheveux brillants coupés au carré.

— Bonjour, tout le monde ! lança Y Lan avec un sourire éclatant.

— Moi, c'est Jessica Jackson, déclara l'autre fille assise sur le canapé.

Ses nattes balayèrent la table basse quand elle se pencha pour donner à chacune une solide poignée de main. Margaux fut impressionnée par l'apparente maturité de Jessica. Les autres se présentèrent à leur tour. Celle qui portait des lunettes partageait la chambre de Laurie et s'appelait Alexandra Cooper.

— Nous attendons Mélanie, qui est aussi dans notre chambre, annonça Alexandra en remontant ses lunettes du bout du doigt.

En regardant les élèves assises autour d'elle, Margaux se demanda comment elle allait faire pour retenir tous ces noms. Et ce n'étaient que les sixièmes d'Adams... Il y avait cinq autres dortoirs !

— Ton nom me dit quelque chose, fit Y Lan en se tournant vers Patty. Tu es de la région de Boston ?

— Je suis la fille d'Edward Hunter Duvall, déclara Patty en rejetant en arrière ses cheveux bruns. Le romancier, ajouta-t-elle avec l'air blasé de celle à qui on a posé trop souvent la question.

— Incroyable ! s'écria Y Lan. J'adore ses livres ! Crois-tu qu'il accepterait de venir faire une conférence pour parler de son métier ?

— Je peux toujours le lui demander, répondit Patty un peu plus gentiment.

Manifestement, elle appréciait d'être le centre de l'attention générale.

— Alors, Laurie, fit Audrey en se penchant pour prendre un bâtonnet de carotte, tu as dû être folle de joie en apprenant que tu avais décroché cette bourse. Quand est-ce que tu l'as su ?

— J'ai trouvé une lettre au courrier, répondit Laurie, l'air gêné. En juillet, je crois. Je n'en revenais pas. J'étais persuadée que c'était une blague de mon père.

— Dites, vous êtes toutes obsédées par les chevaux ? demanda Patty.

— Pas moi, déclara Jessica, qui remplissait les verres d'eau pétillante.

— Moi non plus, affirma Y Lan. L'équitation ne m'a jamais tentée. Je préfère les sports d'hiver, le ski et le snowboard. Je joue aussi au tennis ; c'est sûrement l'activité que je choisirai.

— J'adore le ski, moi aussi ! s'écria Jessica, le visage rayonnant. Tous les ans à Noël, je passe une semaine dans les Alpes avec ma mère, quand nous revenons de Tanzanie.

Margaux posa son verre d'eau gazeuse et se tourna vers elle.

— Tu n'arrêtes pas de voyager, toi !

— Oui, j'ai beaucoup de chance, acquiesça Jessica. Ma mère possède une galerie spécialisée dans l'art africain. Depuis deux ans, je l'accompagne quand elle va acheter de nouvelles œuvres.

La jeune fille ne semblait pas se vanter. Elle avait l'air passionnée par cette vie.

— La pizza est servie !

Suivie par une fille que Margaux ne connaissait pas, Mme Herson venait d'entrer dans la salle. Elle portait quatre grands cartons dont s'échappaient des arômes de fromage fondu et d'origan qui mettaient l'eau à la bouche. Après en avoir posé deux sur la table des élèves de cinquième, elle s'avança vers elles, un carton dans chaque main.

— Et voilà ! lança-t-elle en faisant pivoter les cartons sur la paume de ses mains avant de les faire glisser sur la table.

Un tonnerre d'applaudissements s'éleva dans la pièce. Mme Herson attendit que le silence soit revenu, puis elle se tourna vers la fille qui l'accompagnait.

— Mesdemoiselles, je vous présente Mélanie Hernandez, qui vient du Colorado.

La nouvelle venue leur sourit en fronçant son nez couvert de taches de rousseur.

— Bonsoir, tout le monde, fit-elle, pas gênée le moins du monde par son retard.

« Elle a l'air plutôt cool », songea Margaux en observant la jeune fille. Elle portait un tee-shirt à manches longues et un jean ajusté qui descendait jusqu'à la pointe de ses santiags.

— J'ai raté ma correspondance à Chicago, reprit Mélanie en reluquant la pizza. Mais je vois que je suis arrivée à temps pour le meilleur moment de la journée...

— Tes camarades te raconteront ce qui s'est dit à la réunion, fit Mme Herson. Si tu as besoin de quoi que ce soit d'autre, mon appartement se trouve à ton étage, au fond du couloir.

Mélanie attendit que la responsable du dortoir se soit retirée avant de s'asseoir par terre. En se frottant les mains, elle fit des yeux le tour du groupe.

— Qu'est-ce qu'on attend pour attaquer ? J'ai tellement faim que je pourrais avaler une vache entière !

— Tu n'en as pas amené une de ton ranch ? glissa Audrey d'un ton doucereux.

— Eh ben, non, figure-toi ! répondit Mélanie en se tapant la cuisse. J'ai essayé de faire monter un veau dans l'avion, mais il a pas voulu ! ajouta-t-elle en parlant comme un cow-boy dans un western.

Margaux, qui était en train de boire, faillit s'étrangler de rire. Enfin une fille qui avait le sens de l'humour !

— Ça va ? fit Mélanie. Tu restes parmi nous ?

— Oui, merci, répondit Margaux en toussant si fort que Pauline fut obligée de lui tapoter le dos.

— Dommage ! plaisanta Mélanie. Si tu t'étais étouffée, on aurait eu chacune une plus grosse part.

Jessica commença à faire circuler des assiettes chargées d'énormes portions de pizza hawaïenne.

— Délichieuse ! fit Margaux, la bouche pleine.

— Nous cherchions à savoir si les filles à cette table étaient toutes passionnées de cheval, intervint Y Lan en interrogeant Mélanie du regard. Ne me dis pas que, toi aussi, tu vas camper dans l'écurie !

Mélanie posa sa pizza sur son assiette avant de lever une main.

— Je plaide coupable, dit-elle en baissant la tête.

— Tu as beaucoup monté, dans le Colorado ? demanda Laurie.

— Pas mal, mais jamais longtemps au même endroit. Mon père est commandant dans l'armée de l'air, et nous déménageons souvent. J'espère pouvoir entrer dans le groupe de niveau intermédiaire.

— Je suis dans le même cas, déclara Pauline.

— C'est vrai ? Ça te stresse ?

— Un peu, avoua Pauline. Cette nuit, j'ai rêvé que je passais ce satané test en pyjama. Et je me suis aperçue que j'étais installée sur le dos d'un bouc !

— Génial ! s'écria Mélanie. J'ai apporté un livre sur la

symbolique des rêves. Nous chercherons ce que ça repré-
sente.

Audrey se leva, l'air ennuyé, pour aller s'asseoir près de
Patty. Elles se mirent à évoquer une réception donnée
pendant l'été par le grand-père d'Audrey, un sénateur.
Y Lan discutait avec Jessica : elles parlaient d'un safari.

D'habitude très à l'aise avec les gens dont elle faisait la
connaissance, Margaux se contentait cette fois d'observer
ses voisines en grignotant sa pizza. Elle avait rencontré
pas mal de filles du genre d'Audrey et de Patty – sophis-
tiquées, pleines d'assurance –, et certaines étaient de vraies
amies. Cependant elle n'avait jamais eu affaire avec des
coups de griffes et de la méchanceté.

Elle revit en pensée la fête d'adieu organisée à la maison
par sa mère. À chacune de ses invitées sa mère avait remis
un carton. Quand elles les avaient ouverts, toutes
ensemble, il s'en était échappé des centaines de papillons
multicolores. Mme Walsh avait expliqué que les papillons
représentaient leur groupe d'amies. Chacune était belle et
pleine de vitalité, chacune prendrait son envol dans la
direction qu'elle aurait choisie

Margaux mit un terme à sa rêverie quand Laurie lui
adressa un sourire avant de reprendre sa conversation avec
Alexandra, qui semblait connaître tous les ouvrages au
programme du cours d'anglais de sixième.

— J'ai adoré *Tuer un oiseau moqueur*, déclara-t-elle
avec enthousiasme.

— C'est vrai ? Tu l'as déjà lu ?

« Voilà les filles avec qui je vais vivre ici, se dit Margaux en passant en revue les visages qui l'entouraient. Avec lesquelles vais-je sympathiser ?

Audrey vise la place du chef de la bande. Pas de doute, elle n'a pas de rivale. J'ai tout à gagner à être sa copine, sauf si cela demande trop d'efforts. Et puis elle a un poney magnifique : un bon point pour elle.

Pour ce qui est de Patty, je suis plus réservée. Elle donne l'impression de vouloir s'approprier Audrey, et elle n'a pas la langue dans sa poche. Mais elle ressemble à Tess, une de mes meilleures amies.

Jessica, elle, est très équilibrée, presque intimidante. Elle se choisira certainement une amie et restera un peu à l'écart du groupe.

Y Lan, c'est autre chose. Peut-être un peu trop vive pour moi, mais c'est une fille directe et sincère. Hélas, elle n'est pas intéressée par les chevaux.

Laurie est vraiment sympa. Excellente cavalière. Assez discrète, mais elle ne manque pas de personnalité.

Alexandra, la grosse tête qui parle du programme d'anglais le jour de la rentrée, très peu pour moi !

Pauline est adorable. Nous partageons non seulement notre chambre, mais aussi l'amour du cheval. Elle semble bien m'aimer. Elle pourrait faire une bonne amie.

Mélanie est pleine d'humour et de fantaisie, et a une personnalité attachante. »

Tout en observant ses camarades, Margaux se disait qu'elle ne s'était jamais trouvée dans une telle situation :

de nouveaux visages, une toute nouvelle vie. Même lorsqu'elle était entrée à l'école maternelle, elle connaissait des enfants qu'elle avait côtoyés à la crèche. Il lui faudrait du temps pour s'adapter à ces conditions...

Quand Margaux eut achevé ce premier bilan, Alexandra parlait encore du programme d'anglais et s'interrogeait sur l'identité de leur futur professeur.

— Si c'est Mme Conroy, je parie que nous aurons à apprendre par cœur des pages de Shakespeare avant la fin de la semaine, déclara Audrey en interrompant sa conversation avec Patty. Certains professeurs n'ont aucun sens de la mesure !

— Comment tu le sais ? demanda Jessica en se léchant les doigts après avoir avalé sa dernière bouchée de pizza.

— Mes sœurs ont fait leurs études ici, répondit Audrey. Elles m'ont mise au parfum.

— Alors, parle-nous des responsables de dortoir, fit Mélanie, les yeux brillants. Tu crois qu'on pourra sortir de notre chambre le soir ?

Margaux la regarda, admirative : elle n'était arrivée que depuis quelques minutes, et elle avait déjà trouvé sa place dans le groupe.

Avant de répondre, Audrey épousseta sa jupe en prenant tout son temps.

— Mme Herson peut être sympa, mais il y a des limites à ne pas franchir. Quant à Mme Marshall, la responsable du deuxième cycle, c'est une ogresse. À la moindre entorse au règlement, elle n'hésitera pas à faire un rapport à la directrice.

Un murmure s'éleva autour de la table.

— Ce qu'il y a de bien, poursuivit Audrey, c'est qu'elle dort comme une marmotte. Après 9 heures du soir, plus personne !

« Décidément, cette fille aime qu'on l'écoute. Mais elle a des choses à nous apprendre... », songea Margaux.

5

— On se revoit en étude ! lança Margaux à Jessica, en fourrant ses livres d'espagnol dans son cartable.

Sur ce, elle fila à l'écurie pour son premier cours d'équitation. Jessica partit dans la direction opposée, vers le stade.

Margaux rattrapa Pauline et Mélanie, qui paraissaient nerveuses. Elles allaient passer leur test avec Annie, alors que les filles déjà acceptées dans le groupe de niveau intermédiaire avaient rendez-vous dans le manège extérieur avec leur entraîneur, Aude Phillips.

— Tout se passera bien, les rassura Margaux. Je viendrai vous rejoindre si nous terminons plus tôt.

— Génial ! soupira Mélanie. Rien de tel qu'une humiliation publique ! Je ne suis pas montée sur une selle anglaise depuis une éternité ! J'ai même oublié comment on plie les genoux !

— Si tu n'y arrives pas, lâcha Pauline avec malice, ce sera mieux pour moi.

Margaux était contente de la voir assez détendue pour plaisanter.

— Vous réussirez toutes les deux, affirma-t-elle.

Mais quand elle se tourna vers le groupe des autres filles rassemblées devant le manège, elle sentit le trac lui tordre l'estomac.

Margaux fut déçue de ne pas monter Morello, qu'elle mourait d'impatience de retrouver. « Au moins, on ne m'a pas collé ce mollasson de Colorado », se dit-elle avec résignation. Shamrock, la jument gris pommelé qu'on lui avait destinée, semblait pleine de bonne volonté.

Entrant au trot dans le manège, elle passa devant Aude Phillips, qui observait chaque cavalière.

— Relax, les filles ! Vous n'êtes pas devant un peloton d'exécution ! De la souplesse dans les reins, les épaules droites !

Margaux esquissa un sourire : on ne perdait pas de temps ! Elle aimait bien ça.

— Laurie, une fois de l'autre côté, tu prendras la diagonale en restant au trot, ordonna l'entraîneur.

Laurie avait une attitude aussi naturelle sur Flight, une jolie pouliche grise, que sur Marlin. Quand elle atteignit l'angle du manège, elle coupa la piste, suivie par les autres cavalières.

La rentrée

Margaux ajusta ses rênes en restant à une longueur
d'Audrey, qui montait Bluegrass, et prit deux foulées pour
s'engager dans la diagonale. Shamrock continua de trotter
sans à-coups, répondant docilement à la pression légère
du mors. Ce n'était pas Morello, mais Margaux se sentait
parfaitement à l'aise : elle attendait ce moment depuis si
longtemps !

Le soleil tapait encore fort en cette fin d'après-midi.
Margaux quitta l'écurie en compagnie de Laurie et
d'Audrey. Elle était en nage, mais très contente de cette
première leçon. D'après ce qu'elle avait vu, ses deux camarades seraient, parmi les filles de sixième, ses plus sérieuses
rivales au test de saut d'obstacles. Cependant elle avait ses
chances. Sans une grosse erreur sur l'oxer, son dernier
parcours aurait été parfait.

— J'ai cru que j'allais mordre la poussière au moment
où Shamrock s'est dérobée devant l'oxer, soupira-t-elle.

— On aurait dit une cascadeuse de série B quand tu
as failli voler par-dessus sa tête, commenta Audrey. C'était
à mourir de rire !

— Je suis ravie de vous avoir amusées, déclara Margaux
avec un grand sourire.

— Il fallait bien un peu d'animation. Ce qu'on nous
a demandé, Bluegrass aurait pu le faire les yeux bandés.

— Pendant que tu aurais lu *Vogue* sur son dos, j'imagine, enchaîna Margaux d'un ton sarcastique.

— Exactement, répondit Audrey avec un air entendu.

Margaux lui lança un regard étonné : cette fille serait-elle capable de se moquer d'elle-même ? En tout cas, elle formait un sacré couple avec Bluegrass ! Audrey aurait pu lire non seulement un magazine, mais un livre entier sans rater une foulée !

— Nous sommes en avance, constata Laurie en regardant sa montre. On va voir si Mélanie et Pauline ont terminé leur test ?

— J'ai promis à Patty d'aller la rejoindre dès que nous aurions terminé, répondit Audrey.

Patty était dans le groupe de premier niveau, avec Roger Musgrave.

— Alors, à plus ! fit Margaux tandis que Laurie adressait à Audrey un petit signe de la main.

En se dirigeant vers le manège couvert, elles croisèrent Elsa, qui menait Bluegrass par la longe.

— Ce poney est fantastique ! déclara Laurie en admirant le cheval à la robe sombre, encore luisante après l'effort.

— Tu l'avais déjà vu sur le circuit du concours, non ?

Bien qu'Audrey eût prétendu n'avoir jamais rencontré Laurie dans les grandes épreuves, Margaux était persuadée que sa nouvelle amie avait dû participer à de nombreuses épreuves pour recevoir la bourse Rockwell.

Il y eut un silence si long que Margaux crut que Laurie n'allait pas lui répondre.

— Nous avons dû concourir dans des catégories différentes, finit par dire celle-ci en haussant les épaules.

« Et c'est reparti ! pensa Margaux avec une pointe d'agacement. Pourquoi se ferme-t-elle comme une huître dès
que je lui pose une question personnelle ? »

La grande porte à double battant du manège couvert
était fermée. Elles longèrent le bâtiment jusqu'à une autre
entrée, qui donnait accès à la galerie.

Debout au centre de la piste, Annie Carmichael regardait Pauline et Mélanie qui allaient au petit trot. Quand
Pauline passa devant elle, bien droite en selle, Margaux
reconnut son poney : il s'appelait Hardy et occupait le
box voisin de celui de Morello.

Mélanie, elle, montait une belle et grande jument alezane que Margaux n'avait pas encore vue.

— C'est Skylark, murmura Laurie. J'ai vu Julie la faire
travailler, et je peux te dire qu'elle lui donnait du fil à
retordre !

Margaux hocha la tête : Skylark semblait poser des problèmes à Mélanie aussi... Elle pensait que les deux cavalières n'avaient pas remarqué leur présence, mais, quand
elles firent demi-tour, elle vit Mélanie tirer la langue en
levant les yeux au ciel.

Margaux se retourna en entendant un bruit de pas sur
les marches. C'était Patty et Audrey. Elle se poussa pour
leur faire de la place.

— Ça suffira pour aujourd'hui ! annonça Annie Carmichael.

Pauline immobilisa sa monture et se pencha pour lui caresser l'encolure. Quand Mélanie essaya de faire de même avec Skylark, la jument alezane prit le mors aux dents et fonça droit devant elle, la tête baissée. La cavalière inclina le buste en arrière en accentuant la pression de ses jambes sur les flancs de l'animal, puis elle fit passer une rêne par-dessus l'encolure de la pouliche et tira sur l'autre lanière. Quand Skylark arriva au galop à l'extrémité du manège, Laurie étouffa un petit cri.

— Tout va bien, fit Margaux. Elle est toujours en selle.

Mélanie entreprit de faire tourner Skylark en cercles décroissants, jusqu'à ce que la jument reprenne le trot. Quand Skylark s'arrêta enfin, Margaux se leva pour applaudir.

— Vous pouvez partir, les filles, lança Annie en levant les yeux vers la galerie. Je ne veux pas que vous soyez en retard à cause de moi.

Margaux se dit que sa tante ne voulait pas faire part de sa décision devant des témoins. Elle espérait que cela n'annonçait pas de mauvaises nouvelles... Ce serait tellement sympa si Pauline et Mélanie étaient admises dans son groupe !

— À mon avis, fit Audrey en descendant les marches, il y a peu de chances que Mélanie réussisse. Si elle n'est pas capable de faire passer son cheval du trot au pas, comment pourra-t-elle lui faire sauter des obstacles ?

— Il lui faudra peut-être un programme sur mesure, lâcha Patty en riant. Que penseriez-vous du lancer de lasso ?

C'en était trop pour Margaux. Le fait que Mélanie venait du Colorado ne faisait pas d'elle une mauvaise cavalière.

— Je pense que la manière dont elle a maîtrisé Skylark suffira à la faire entrer dans notre groupe, répliqua-t-elle vivement.

— J'ai beaucoup aimé la façon dont elle a croisé les rênes, renchérit Laurie. Je n'avais jamais vu ça ! Et elle a de bonnes jambes, ajouta-t-elle.

— Si elle intègre notre groupe, reprit Audrey en levant les yeux au ciel, je veux bien manger ma culotte d'équitation !

« Ça, je te le rappellerai, ma grande », se promit Margaux tandis que Patty s'accrochait au bras de sa copine, pliée en deux de rire.

Mme Marshal, la deuxième responsable de dortoir, surveillait les élèves de sixième dans leur salle d'étude. En ce premier jour du semestre, elles n'avaient que quelques verbes d'espagnol à apprendre. La surveillante leur demanda donc de commencer la lecture de l'un des livres au programme du cours d'anglais. Quand la sonnerie eut enfin mis fin au supplice, Margaux fourra ses affaires pêle-mêle dans son cartable et courut pour rattraper Pauline et Mélanie dans le couloir.

— Attendez-moi ! cria-t-elle. Alors ? Annie... Mme Carmichael vous a-t-elle dit si vous serez dans le groupe intermédiaire ?

— Absolument, répondit Mélanie en souriant. Pauline, c'est toi qui l'annonces à Margaux ?

— Je préfère que ce soit toi.

— Tu le feras bien mieux que moi.

— Bon, ça suffit ! dit Margaux en feignant de s'énerver.

— Nous avons réussi toutes les deux ! s'écria Pauline, les yeux étincelant de joie. Mme Carmichael a même dit à Mélanie qu'elle s'était très bien débrouillée avec Skylark.

— Super ! s'exclama Margaux.

Elle leur tapa dans la main.

— Cela ne s'est gâté que quand vous êtes arrivées, expliqua Mélanie. Mais je m'en suis pas trop mal sortie.

— Tu le mérites, déclara Laurie, qui venait de les rejoindre. Nous étions sûres, Margaux et moi, que vous réussiriez. Nous serons dans le même groupe, c'est chouette ! Audrey avait tort de ne pas y croire.

Une idée traversa l'esprit de Margaux.

— Il faut que j'aille prendre quelque chose dans ma chambre, dit-elle en s'arrêtant net. Je vous retrouve à la cafétéria.

Sans laisser aux autres le temps de protester, elle repartit vers l'escalier en se retenant de rire. Un plan prenait forme dans son esprit.

Margaux attrapa une assiette de saumon et de pommes de terre sur le comptoir avant d'aller retrouver les autres.

Pauline lui avait gardé une place à leur table. En s'asseyant, Margaux se tourna vers Audrey.

— Tu es au courant, pour Pauline et Mélanie ? demanda-t-elle, l'air innocent.

Sans répondre, Audrey piqua une tomate cerise avec sa fourchette.

— Tu n'as pas faim, on dirait ? poursuivit Margaux d'un ton mielleux. À moins que tu ne veuilles garder de la place...

— Pour quoi ? lâcha Audrey, prise au dépourvu.

— Pour ta culotte d'équitation, répondit Margaux en souriant de toutes ses dents.

Elle sortit de son sac un pantalon, le déplia et le posa soigneusement sur le second plateau qu'elle avait apporté.

— Du ketchup ? fit-elle en poussant le plateau vers Audrey, qui la fusillait du regard.

— Pourquoi pas ?

— Tu avais bien dit que tu mangerais ta culotte d'équitation..., lui rappela Margaux d'un ton espiègle.

— Mâche bien, Audrey, gloussa Mélanie. J'ai peur que tu n'aies une indigestion.

— Très drôle, Margaux ! siffla Audrey en roulant le pantalon en boule. Je te revaudrai ça... Dis, Patty, tu ne sais pas par hasard ce qu'on passe comme film à la télé, ce soir ?

— *Hidalgo*, avec Viggo Mortensen. C'est l'histoire d'un cavalier du Pony Express qui participe à une course à travers le désert.

— Viggo comment ? demanda Mélanie.

— Viggo Mor-ten-sen, répondit Audrey en détachant les syllabes. L'acteur craquant qui joue dans *Le Seigneur des anneaux*. Je l'ai déjà vu. Mon père a apporté le DVD à la maison. Mais je le reverrai avec plaisir.

— Tu pourras t'asseoir à côté de moi pour que je t'explique les passages difficiles, dit Margaux à Mélanie, histoire de la taquiner.

— Si tu n'as pas envie de regarder un film, tu peux m'accompagner à l'écurie, proposa Laurie. J'ai demandé à Mme Carmichael l'autorisation de nettoyer du matériel dans la sellerie pour gagner quelques points pour la note d'entretien, avant que les cours ne commencent vraiment.

— Je préfère ça, fit Mélanie avec un grand sourire. Je ne suis pas d'humeur à passer la soirée assise.

— Cela t'ennuie, Margaux, demanda Laurie, si Mélanie ne regarde pas le film avec vous ?

— Bien sûr que non, prétendit Margaux.

Pourtant, elle ne pouvait s'empêcher de penser que Laurie avait cherché à garder Mélanie pour elle. « Pas de susceptibilité déplacée, se dit-elle. Tu ne seras pas seule pour regarder ce film, et tu as bien mérité une soirée tranquille. »

Margaux se fit une petite place sur le canapé entre Jessica et Y Lan.

— Sers-toi, proposa Y Lan en montrant l'énorme bol de pop-corn qu'elle partageait avec Jessica. Comme je ne fais pas de cheval, je suppose que je ne vais rien comprendre à ce film...

— Mais si, répondit Margaux. Et puis, tu suivras tout le reste.

Elle lança un grain de maïs en l'air et le rattrapa dans sa bouche.

— Chouette, fit Y Lan en s'enfonçant dans les coussins.

Tania baissa la lumière, alluma le téléviseur à écran plasma et actionna la télécommande du DVD.

Margaux prit une poignée de pop-corn et passa le bol à Pauline, assise au bout du canapé. Elles échangèrent un regard complice. Jusque-là, la vie de pensionnat ressemblait à des vacances entre copines, les chevaux en plus !

6

Margaux donna un dernier coup de brosse à la selle et admira le cuir luisant. Elle n'avait pas voulu aller à la Chênaie. La première semaine avait été si chargée qu'elle avait préféré passer un moment tranquille dans l'écurie.

— Tu veux un coup de main ? demanda-t-elle à Pauline, qui se débattait avec la bride de Hardy.

— Merci, ça ira, répondit Pauline sans lever les yeux.

Margaux se tourna vers Mélanie et Laurie, qui nettoyaient des harnais à l'autre bout de la sellerie. Elles étaient déjà en plein travail quand elle était arrivée. Pauline les avait rejointes après avoir écrit une lettre à son frère. Margaux soupçonnait qu'elles étaient toutes là pour la même raison : elles espéraient pouvoir monter même pendant le week-end.

— Je vais chercher un soda, fit-elle. Quelqu'un en veut un ?

— À votre place, j'accepterais ! lança une voix dans son dos. Pour une fois qu'elle veut se rendre utile...

Margaux pivota sur elle-même.

— Nat ! s'écria-t-elle.

Son cousin leva la main pour la saluer. Elle fonça sur lui pour ébouriffer sa tignasse poil-de-carotte. Nat n'eut aucun mal à l'éviter : il faisait une bonne tête de plus qu'elle.

— Je vois que tu as réussi à survivre à la première semaine ! dit-il, l'air taquin. Je suis impressionné.

— Les filles, dit Margaux en se retournant vers ses amies qui fixaient le nouveau venu sans cacher leur curiosité, je vous présente mon cousin, Nat. Il est à Saint Kit.

— Bonjour, tout le monde ! lança Nat.

— Cette tête me rappelle quelqu'un, fit Mélanie en regardant avec attention le visage aux pommettes saillantes.

— Ma mère, sans doute, suggéra le garçon.

— Comment pourrait-elle la connaître ? demanda Pauline.

— Nat est le fils d'Annie Carmichael, expliqua Margaux, un peu gênée.

Elle n'avait encore confié à personne qu'elle était la nièce de la directrice de l'équitation. Voilà, c'était chose faite ! Elle se sentait soulagée de ne plus avoir à le cacher.

— Donc, Mme Carmichael est ta tante, dit Mélanie au milieu du silence général. C'est cool...

— Quelle chance tu as ! s'écria Pauline. J'aimerais tellement que quelqu'un de ma famille fasse de l'équitation ! Tu verrais leur tête quand je leur parle de Rocky...

— Tu sais où elle est ? demanda Nat à Margaux. Tu ne veux pas me servir de guide ?

— Si, bien sûr. À tout à l'heure, les filles !

Ils sortirent de la sellerie et traversèrent l'écurie.

— Je crois que Mme Carmichael est en train de faire travailler Quince, expliqua Margaux.

— C'est drôle de t'entendre l'appeler comme ça, dit Nat en enfonçant les mains dans les poches de son jean. J'espère ne pas t'avoir mise dans une situation délicate, poursuivit-il en la regardant dans les yeux. Je pensais que tu avais eu le temps d'apprendre à tes copines que tu étais sa nièce.

— Je ne voulais pas qu'on s'imagine que j'aurais droit à un traitement de faveur, répondit Margaux. C'est Annie qui sélectionnera les membres des équipes pour les compétitions. Je veux en faire partie seulement à condition de le mériter.

— Tu ne crois pas tes amies capables de comprendre ça ?

— Il me faut un peu de temps pour savoir qui sont mes vraies amies, dit Margaux d'une voix hésitante. Celles à qui j'aurai envie de me confier.

— Tu as raison. Cela dit, tes copines ont l'air sympa : je suis sûr que ton secret sera bien gardé.

— En fait, je suis soulagée que tu aies vendu la mèche.

Nat lui donna une tape sur l'épaule.

— Tu peux toujours compter sur moi, ma vieille !

Une fois au manège, ils s'accoudèrent à la barrière pour regarder Annie, qui faisait trotter Quince. La tête baissée, sa longue queue flottant comme un drapeau argenté, la jument gris pommelé était magnifique. Quince était le cheval de compétition d'Annie, un pur-sang au caractère imprévisible, mais aux qualités exceptionnelles.

— Coucou, maman !

Annie tourna la tête vers eux et sourit. Debout sur ses étriers, elle lança Quince au petit galop et les salua d'une main en tenant les rênes de l'autre. Margaux agita le bras, ravie de retrouver sa tante telle qu'elle l'aimait : drôle et pleine de fantaisie.

Elle avait toujours du mal à croire qu'Annie était la sœur de sa mère, et non de son père, qui, lui, aimait les chevaux.

Annie descendit de sa monture et serra Nat dans ses bras par-dessus la barrière.

— Je ne t'attendais pas si tôt, fit-elle tandis que Margaux prenait les rênes et caressait l'encolure de la jument.

— Je peux repartir, et revenir le week-end prochain, si tu veux, plaisanta Nat.

— Jamais de la vie ! Laisse-moi cinq minutes, et je suis à toi. Margaux va te conduire dans mon bureau ; je vous rejoins dès que je suis prête.

Elle reprit les rênes à sa nièce.

— Merci, Margaux. J'ai l'intention d'emmener Nat manger un morceau en ville avant de le reconduire à Saint Kit. Veux-tu venir avec nous ?

— Avec plaisir !

— Tu es sûre d'aimer les escargots ? intervint Nat. Nous déjeunons au restaurant français. Là-bas, si tu ne manges pas les escargots servis comme amuse-gueule, tu te fais virer !

Margaux ne broncha pas : elle connaissait les farces de son cousin. Cette fois, elle ne se laisserait pas avoir.

— Ça tombe bien ! J'adore les escargots ! répondit-elle, pince-sans-rire. Surtout les petits, bien gluants.

— Beurk ! grimaça Nat. Tu es vraiment un garçon manqué !

— Manqué toi-même !

C'était une vieille blague entre eux. Margaux n'était pas la petite fille bien sage dont sa mère avait rêvé. Elle tenait beaucoup plus de sa tante et de son père : elle avait le sens de l'humour et le goût du sport. Nat aurait été pour elle le grand frère idéal.

— Toujours le mot pour rire ! commenta-t-il.

— Qu'est-ce que tu veux, c'est de famille, répliqua Margaux en ouvrant la porte du bureau de sa tante.

Un claquement de sabots résonna dans l'allée. Elle se retourna et vit Audrey qui venait vers eux en menant Bluegrass par la longe.

— Alors, Margaux, comme ça, on entre en douce avec un inconnu dans le bureau de la responsable de l'équitation ? Il faut que je revoie l'opinion que j'ai de toi...

— Je te rassure tout de suite, répliqua vivement Margaux, c'est mon cousin.

— Ah bon !...

Audrey enleva sa bombe et passa les doigts dans ses cheveux en gratifiant Nat d'un large sourire.

— Je m'appelle Audrey Harrison. Je partage la chambre de Margaux.

— Moi, c'est Nat. Je suis le fils d'Annie Carmichael.

Audrey parut interloquée. Pourtant, au grand étonnement de Margaux, elle ne fit aucun commentaire. En revanche, elle lâcha sa cravache.

— Oh ! fit-elle, les yeux levés vers Nat, sans faire mine de la ramasser.

« C'est pas vrai ! se dit Margaux en voyant Nat se précipiter pour le faire. Cette fille mériterait qu'on lui en donne un bon coup sur les fesses ! »

— Mme Carmichael doit nous rejoindre dans son bureau, déclara-t-elle sèchement. Je vous laisse, je reviens dans un quart d'heure.

Elle n'avait aucune envie de voir Audrey flirter avec Nat. Elle ne supporterait pas que son cousin se prenne à ses simagrées.

Margaux songea qu'elle avait le temps d'envoyer un e-mail à ses meilleures amies avant d'aller retrouver Annie et Nat pour le déjeuner.

— Margaux ! Attends-moi !

Elle pivota sur ses talons : Laurie accourait vers elle.

— J'ai promis à Julie et à Elsa que je les aiderais à changer les litières. Tu viens me donner un coup de main ?

Margaux sourit en se demandant s'il arrivait à Laurie de passer un moment loin de l'écurie...

— Là, c'est impossible, répondit-elle. Je m'apprêtais à envoyer quelques e-mails avant de partir au restaurant.

— Où vas-tu ?

— Dans un restaurant français.

— *Très mauvais*, déclara Laurie.

— Tu voulais dire *très bon*, non ?

— Et alors ? fit Laurie en écartant une mèche de son front. Qu'est-ce que j'ai dit ?

— Très mauvais, répondit Margaux en riant. Si je suis obligée de manger des escargots, tu auras peut-être eu raison.

Laurie grimaça.

— Il va falloir que je travaille un peu mon français... Je crois que nous aurons une interro la semaine prochaine. Bon, à tout à l'heure, ajouta-t-elle en faisant mine de repartir.

— Attends deux secondes ! s'exclama Margaux, dont l'attention avait été attirée par un poney qui tournait dans le manège en plein air.

Elle n'eut pas de mal à reconnaître Morello. Elle n'avait pas encore eu l'occasion de le monter, et trouvait bizarre que quelqu'un ait eu l'autorisation de le faire travailler pendant le week-end.

— Il devrait y avoir un entraîneur ! fit Laurie, l'air étonné.

— Exactement ce que j'étais en train de me dire...

Il était interdit aux élèves de monter sans surveillance dans les manèges, surtout pour sauter des obstacles.

Morello trottait à l'autre bout du manège. Quand il arriva dans le virage, sa cavalière lui donna un coup de talon dans les flancs. Elle secoua les rênes et le talonna plus fort pour lui faire prendre le petit galop. Margaux étouffa un cri lorsqu'elle vit Morello s'écarter de la clôture.

— Elle va le faire sauter ! s'écria-t-elle en remarquant une barrière haute de près d'un mètre au milieu de la piste.

Les deux filles s'élancèrent vers le manège, inquiètes.

Malgré la distance, Margaux vit Morello refuser l'obstacle au dernier moment, obligeant sa cavalière à s'accrocher à sa crinière pour ne pas tomber. Elle reconnut Émilie Page, une fille de sixième qui faisait partie du groupe de premier niveau.

— Méchant ! cria la cavalière en tirant brutalement sur les rênes.

Les oreilles rabattues, la tête dressée, montrant le blanc de ses yeux, Morello recula de quelques pas. Il était couvert de sueur. Quand Émilie lui fit prendre le trot, sa foulée, habituellement fluide, était saccadée.

— Qu'est-ce qu'elle fait ? s'écria Laurie.

— Aucune idée ! souffla Margaux.

Elle était horrifiée : que s'était-il passé pour que Morello refuse un obstacle, et qu'allait faire Émilie à présent ?

Quand le poney approcha de l'endroit où elle se tenait avec Laurie, elle mit ses mains en porte-voix :

— Où est Mme Phillips ?

— Dans son bureau, répondit Émilie en talonnant Morello pour lui faire prendre le petit galop.

— Tu ferais mieux d'attendre ! s'écria Laurie.

Émilie fit la sourde oreille et continua de presser Morello du talon, le dirigeant vers l'obstacle.

Cette fois, le poney ne refusa pas ; mais comme sa foulée n'était pas bien rythmée, il sauta trop tôt et toucha la barre avec les postérieurs. Émilie se pencha sur son encolure. Quand il retomba pesamment de l'autre côté, elle fut désarçonnée et, au bout d'un vol plané, elle atterrit sur le sable, où elle demeura inerte.

— Non ! s'exclama Laurie. Elle s'est fait mal !

7

Margaux ouvrit la barrière et se précipita dans l'enclos. Morello s'était arrêté à quelques mètres d'Émilie ; ses rênes traînaient par terre. Quand les deux filles furent près de lui, il s'ébroua et recula. Le cœur de Margaux manqua un coup : si ses jambes se prenaient dans les rênes, il pourrait se faire mal lui aussi ! Laissant Laurie auprès d'Émilie, elle s'avança lentement vers lui.

— Tout doux, Morello. Là, calme-toi...

Il s'ébroua de nouveau, sans s'écarter. Margaux fit un pas en avant, la main tendue pour ramasser les rênes.

— Margaux ! cria Laurie d'une voix aiguë, il faut aller chercher Mme Phillips !

Morello dressa la tête, les narines dilatées, et s'enfuit en trottant.

Margaux jura à voix basse : les rênes, qui battaient autour de ses jambes, effrayaient encore plus le poney. Il prit le petit galop. Elle savait qu'elle ne pourrait plus l'attraper ; il fallait juste l'empêcher de sortir du manège.

Elle repartit en courant vers Laurie, qui avait aidé Émilie à s'asseoir et était en train de détacher sa bombe.

— Je ne peux pas attraper Morello ! souffla-t-elle. Il faut que je ferme la barrière.

— Ne t'inquiète pas pour lui. Va plutôt chercher Mme Phillips.

« N'importe quoi ! pensa Margaux. Émilie n'est pas en danger, mais si Morello s'empêtre dans les rênes, il risque de tomber et de se casser une jambe. » Elle ferma la barrière et regarda le poney qui continuait de galoper. Brusquement, il s'arrêta, la tête baissée, les antérieurs pris dans la lanière de cuir. Il fallait aller le délivrer ! Il n'y avait pas une seconde à perdre. Mais comment faire pour ne pas l'effrayer ? Elle tourna la tête, dans l'espoir de voir apparaître Mme Phillips. Personne !

Émilie, toujours assise sur le sable, était en train de parler avec Laurie. Margaux prit sa décision : elle s'avança vers le poney à pas lents et réguliers, en prenant soin de ne pas lui faire peur.

Elle entendait à présent la respiration haletante de l'animal, elle voyait les muscles tendus de son encolure...

— Tout va bien, Morello... Ne bouge pas, je vais t'aider.

En s'efforçant de parler d'une voix calme, elle avança doucement la main et la posa sur le garrot du poney. Elle sentit les muscles frémir sous la peau. Elle se pencha en s'appuyant légèrement sur son épaule, comme elle l'avait souvent fait pour nettoyer ses sabots. Morello changea de position et souleva la jambe. Margaux saisit prestement les rênes et libéra les antérieurs du poney. Elle se redressa en poussant un soupir de soulagement et lui caressa la tête.

— Ne me refais plus jamais ça, murmura-t-elle d'une voix tremblante.

Elle le conduisit jusqu'à Laurie, dont le regard restait fixé sur Émilie. Celle-ci était debout, mais Margaux fut surprise par la pâleur de son visage.

— Tu ne te sens pas bien ? demanda-t-elle.

— Où est Mme Phillips ? lança Laurie sans laisser à Émilie le temps de répondre. Tu ne l'as pas prévenue ?

— Je t'ai dit que je m'occupais d'abord de Morello, dit Margaux. Je vais la chercher, et...

— Non mais, ça va pas ? la coupa Laurie. Imagine qu'Émilie ait été grièvement blessée ! Il y a des priorités à respecter.

— Des priorités ? répliqua Margaux, furieuse. Regarde dans quel état est Morello ! D'ailleurs, rien de tout cela ne serait arrivé si elle ne l'avait pas monté sans surveillance.

— Peut-être, concéda Laurie. Mais tu dois cesser de faire comme si tu étais la seule à savoir comment monter ce poney. Il n'est pas à toi. Il est là pour tout le monde.

Margaux reçut sa remarque comme une gifle en plein visage. De quel droit Laurie se permettait-elle de la juger ?

Et pourquoi s'en prenait-elle à elle, alors qu'Émilie était en faute ?

Elle se mit à applaudir très lentement.

— Bravo, mademoiselle je-sais-tout ! fit-elle d'un ton glacial. Cela dit, je te plains. Pour quelqu'un qui se croit tellement supérieur aux autres, ce doit être une déchéance de se retrouver à Chestnut Hill.

Le rouge monta aux joues de Laurie. Elle regarda fixement Margaux sans répondre.

— J'ai fait ce que je jugeais nécessaire, reprit Margaux.

— Je conduis Émilie au bureau, déclara Laurie. Comme ça, tu pourras consacrer tout ton temps à Morello.

Elle passa le bras sous celui d'Émilie, et elles se dirigèrent vers la barrière.

Margaux les regarda s'éloigner, puis elle se tourna vers le poney.

— Allez, viens. Je t'emmène dans ton box. Après, je vais déjeuner.

Elle n'avait plus envie d'aller au restaurant. Elle aurait préféré rester avec Morello dans sa stalle et réfléchir à ce qui venait de se passer. Elle ne se souvenait plus de ce qu'elle avait dit exactement à Laurie, mais elle sentait qu'elle regretterait ses paroles. En repassant dans son esprit l'incident du manège, elle avait pourtant la certitude d'avoir fait ce qu'il fallait.

Margaux n'avait pas reparlé à Laurie pendant le reste du week-end. Sa camarade n'avait apparemment rien raconté à personne, mais elle se montrait aussi réservée que Margaux.

Cette dernière avait heureusement d'autres sujets de satisfaction. C'était sa première leçon d'équitation avec Annie. Et elle montait Morello pour la première fois depuis son arrivée à Chestnut Hill. Quel bonheur de le retrouver !

Le sourire qui éclairait son visage s'effaça quand, à la sortie du virage, elle découvrit le double. Un obstacle délicat ! Elle raccourcit la foulée de Morello en se dressant sur sa selle et en serrant les rênes. Elle compta jusqu'à trois et pencha le buste en avant pour préparer le saut. Le poney franchit aisément le premier obstacle, prit deux foulées avant d'effacer le second et marqua son contentement en lançant une ruade.

Margaux lui caressa l'encolure et le fit revenir au trot à l'autre bout du manège. Elle était ravie : Morello s'était très bien comporté.

— Bien joué ! fit Audrey quand elle s'arrêta à sa hauteur. Tu as fait un bon parcours. Dommage pour le mur...

— Merci. Le mur, c'est ma faute. J'ai pris le virage trop serré.

Les obstacles de Chestnut Hill étaient plus difficiles que ceux dont Margaux avait l'habitude : il ne fallait pas grand-chose pour faire tomber une barre. Audrey bouclait pourtant presque tous ses parcours sans aucun problème.

— Ne t'inquiète pas pour ça, lui conseilla sa camarade. Avec ce que tu as montré, tu entreras dans l'équipe. Et de toute façon, tu aurais pu faire tomber autant de barres que tu aurais voulu, vu que c'est ta tante qui décide...

Elle regarda Margaux d'un air innocent et la gratifia d'un grand sourire.

— Formez une file ! cria Annie, empêchant sa nièce de répliquer vertement.

Furieuse, celle-ci fit reculer Morello pour laisser Mélanie prendre place dans la file avec Colorado.

— Ne t'occupe pas d'elle, lui glissa son amie à voix basse. Elle est fumasse parce que tu as fait un meilleur parcours qu'elle... sur un cheval de moindre valeur...

Elle articula les derniers mots en singeant la prononciation d'Audrey et adressa à Margaux un sourire radieux, qui la réconforta.

En voyant Laurie faire avancer Hardy vers le début de la file, Margaux se rendit compte qu'elle cherchait à laisser Mélanie et Pauline entre elles deux. À l'évidence, Laurie était rancunière...

Annie tapa dans ses mains.

— Vous avez bien travaillé. Les progrès sont très nets. À croire que vous avez cherché à m'impressionner !

Les filles échangèrent des regards et des sourires crispés. Ce n'était pas un secret : elles pensaient toutes à l'épreuve de sélection qui devait avoir lieu quelques semaines plus tard, et elles se trouvaient déjà en concurrence.

— Tu as fait un parcours correct, reprit Annie en se tournant vers Margaux. Dommage que tu aies touché le mur. La prochaine fois, sois plus attentive à la foulée de Morello en sortant du virage.

Margaux hocha la tête. Elle savait que les virages serrés étaient un des points faibles du poney, surtout lorsqu'elle essayait de lui faire maintenir une allure rapide.

— Jusqu'à présent, vous avez essayé chacune plusieurs montures, poursuivit la directrice. Le but était de découvrir celle qui conviendrait le mieux à vos qualités individuelles et à votre style personnel. Je crois qu'il serait judicieux que vous gardiez les poneys que vous avez montés aujourd'hui. Votre travail me donne toute satisfaction. Bonne chance !

Margaux retint un cri de joie à la perspective de ne monter que Morello pendant plusieurs semaines. Elle vit que Laurie tapotait le cou de Hardy, l'air contente.

— L'équipe sera composée de quatre titulaires et d'une réserviste, expliqua Annie. Comme vous êtes nombreuses à briguer la sélection, la plupart des poneys auront deux cavalières. Un tirage au sort décidera laquelle passera en premier.

— J'espère ne pas avoir à partager Bluegrass, protesta Audrey. Il est très émotif, et je ne pense pas qu'il convienne à quelqu'un d'autre.

— Eh bien, répliqua posément l'instructrice, si Bluegrass est aussi émotif que tu le dis, tu devrais peut-être envisager de monter un des poneys de l'école. N'oublie pas que, si tu entres dans l'équipe, ta monture en fera aussi partie.

Margaux riait sous cape : elle ne pouvait imaginer Audrey acceptant de partager Bluegrass, pas plus que de monter un poney de l'école. Elle s'efforça de retrouver son sérieux : « Du calme ! se dit-elle. Il te reste trois semaines de travail avec Morello pour être prise dans l'équipe. À toi de jouer. »

— Margaux ! cria Mélanie depuis le couloir. Si tu ne viens pas tout de suite, j'entre, et je te fais sortir en te tirant par les cheveux !

Margaux s'avança jusqu'à la porte sur la pointe des pieds et l'ouvrit d'un coup sec. Mélanie, qui avait déjà la main sur la poignée, faillit s'étaler de tout son long.

— Dépêche-toi ! lança-t-elle. Je t'attends depuis une heure !

— Laisse-moi un peu de temps, on n'a pas rendez-vous tous les soirs avec cinquante garçons, répliqua Margaux.

— De toute façon, nous nous les sommes déjà partagés, Pauline et moi.

Une conférence destinée aux élèves faisant de l'équitation avait lieu dans l'auditorium de l'école. La présence des garçons de Saint Kit suscitait infiniment plus d'intérêt que la conférence elle-même.

— Alors, vous venez ? cria Pauline.

— Après vous, fit Margaux avec un grand geste du bras.

— Je vous en prie, répondit Mélanie en souriant. Rien ne sert de courir, il faut partir à point...

— Vous venez, les filles ? les pressa Pauline. Si on ne se dépêche pas, on restera à la porte de la salle, et adieu, les garçons !

Margaux et Mélanie éclatèrent de rire et s'engagèrent dans le couloir en prenant Pauline par le bras.

Les trois filles traversèrent le campus éclairé par des lampadaires de style victorien. Elles marchaient vite, espérant ne pas être les dernières. La conférence donnée par Laura Fleming avait pour thème les traitements alternatifs pour les chevaux.

— J'ai lu un article sur elle, déclara Margaux. À l'âge de seize ans, elle dirigeait déjà un centre équestre du nom de Heartland. Vous vous rendez compte ?

Ses camarades ne répondirent pas. En levant les yeux, Margaux comprit pourquoi : sur la dernière marche du perron, le sourcil froncé, Mme Marshall les attendait en tenant la porte ouverte.

— Vous êtes en retard, fit-elle sèchement.

Elle les précéda dans le couloir qui menait à l'auditorium et s'arrêta devant l'entrée.

— Il reste quelques places sur la gauche, fit-elle à voix basse. Asseyez-vous là.

En descendant sur la pointe des pieds l'allée à peine éclairée, les filles entendirent Mme Starling présenter le premier intervenant, le Dr Jeremy Haslum, un vétérinaire.

— Pardon ! souffla Margaux quand elle marcha sur le pied de Jade Findlay en se dirigeant vers une des places libres.

Au moment où elle abaissait le dossier de son siège, elle se rendit compte qu'elle était à côté de Laurie, dont le regard demeura fixé sur le Dr Haslum. Faisait-elle semblant de ne pas la voir ?

Margaux tourna la tête vers l'autre côté de la salle, où étaient rassemblés les garçons de Saint Kit. Dans la pénombre, elle ne distinguait que des profils.

— Je te signale que tu es là pour écouter une conférence, pas pour reluquer les garçons, lui glissa Mélanie à mi-voix.

— Et toi ? murmura Margaux en constatant que la tête de son amie était tournée dans la même direction.

Il y avait au troisième rang un petit brun très mignon qui ne cessait de les regarder. Margaux donna un coup de coude à Mélanie. Le garçon dut surprendre son geste, car il détourna le regard.

— Tu crois qu'il cherchait quelqu'un ? chuchota Margaux au bout d'un moment.

— À mon avis, c'était Laurie.

Mélanie se pencha devant Margaux pour s'adresser à Laurie.

— Tu as un admirateur, tu as vu ?

Leur camarade attendit un moment avant de répondre :

— Il s'appelle Caleb Smith. Je l'ai rencontré cet été. Nous avons fait du cheval ensemble.

— Alors, c'est ton petit copain ? demanda Mélanie d'une voix plus forte, ce qui fit se retourner plusieurs filles du rang de devant.

— Non ! protesta Laurie. Ce n'est qu'un ami !

Audrey, assise derrière elles, se pencha en avant.

— Comment s'appelle-t-il ? Patty aimerait le savoir.

— Audrey ! gronda Patty.

— Chut ! fit quelqu'un dans leur dos.

Les bavardes se turent aussitôt.

Margaux s'enfonça dans son siège pour écouter la fin de la causerie du vétérinaire.

— Je vais maintenant laisser la parole à Laura Fleming, annonça enfin le Dr Haslum. Laura est non seulement une thérapeute reconnue, mais aussi une de mes élèves.

Il posa son stylo et se tourna en souriant vers la jeune femme aux longs cheveux châtains qui s'avançait sur la scène.

— Je me demande chez qui elle s'habille, lâcha Audrey à mi-voix.

Laura portait un tailleur sport seyant, mais qui ne venait certainement pas d'une des boutiques préférées d'Audrey. Pas de maquillage ; une beauté naturelle. Visiblement, elle avait des préoccupations plus importantes que son aspect.

— Bonjour, tout le monde, commença-t-elle d'une voix claire et douce. Je suis venue vous parler ce soir des méthodes alternatives que j'emploie pour aider des chevaux en détresse.

Ses yeux brillant d'enthousiasme parcoururent la salle. On y lisait aussi une légère appréhension. Elle ne devait pas avoir plus de dix-huit ans. Margaux se demanda comment, si jeune, on pouvait avoir assez d'expérience pour faire une conférence.

— Les thérapies alternatives, poursuivit Laura, sont utilisées pour traiter les chevaux en complément de la médecine traditionnelle.

L'image d'un cheval apparut sur l'écran. Elle présenta différents points de pression sur le corps de l'animal.

— Il a été prouvé que les massages doux, des mouvements circulaires légers, permettent d'obtenir une meilleure relaxation de l'animal. Un cheval n'a pas besoin d'être malade pour tirer profit de cette méthode. Ma mère a passé des années à travailler sur l'utilisation médicale des huiles essentielles, en particulier des remèdes appelés fleurs de Bach. Elle a noté dans un carnet tous les bienfaits de chaque fleur. Ses conclusions ont contribué à sauver de nombreux chevaux.

La voix de l'oratrice vibrait d'une émotion contenue. Margaux se souvint que Laura avait perdu sa mère quelques années plus tôt et qu'elle avait dû assumer de lourdes responsabilités, aidée par sa sœur et son grand-père.

— Je vais vous présenter maintenant un petit film sur la technique du consentement que nous utilisons à Heartland pour gagner la confiance des chevaux. Celui-ci s'appelle Grand-Échalas, dit Laura avec douceur quand un poulain rouan apparut sur l'écran. Il a été traité par les méthodes dont je suis venue vous parler. À son arrivée à Heartland, il était complètement déshydraté. Nous avons utilisé un mélange de techniques conventionnelles et alternatives pour lui sauver la vie. Et pour gagner sa confiance, nous avons eu recours à la technique du consentement.

Sur l'écran, au centre du manège, on vit Laura lancer la longe vers le poulain pour le faire partir au petit galop.

« Comment cela peut-il inciter le poulain à lui faire confiance ? s'interrogea Margaux. Elle donne l'impression de le chasser ! »

Comme si elle avait lu dans ses pensées, Laura expliqua le principe de la technique :

— Il peut vous paraître étrange que je le chasse. Pourtant, c'est la première étape, qui conduira à gagner son entière confiance. Je vais continuer à le faire jusqu'à ce qu'il ait envie de dépendre de moi, pour que je le protège.

Le film montra ensuite le poulain, la tête baissée, qui ouvrait et fermait la bouche, comme s'il mastiquait.

— Et voilà ! poursuivit Laura. C'est sa manière de me dire qu'il ne veut plus fuir, qu'il veut se mettre sous ma protection. Pour le faire comprendre, tous les chevaux ont la même attitude : tête baissée et mastication.

Assise sur le bord de son siège, Margaux ne quittait pas des yeux le poulain qui tournait en trottant. Ses sabots effleuraient avec élégance la surface du sable, et son oreille était rabattue du côté de la jeune femme plantée au milieu de l'enclos.

— Regardez ce qui se passe quand je lui tourne le dos, dit Laura.

Retenant son souffle, Margaux vit le poulain s'avancer vers le centre du manège, s'arrêter derrière la jeune femme et lui toucher le dos avec ses naseaux. Des applaudissements éclatèrent quand le film les montra tous les deux, marchant du même pas, comme liés par un fil invisible.

— En choisissant de ne plus fuir, il a établi un lien avec moi. Un lien basé sur la confiance et le respect mutuels, un lien qu'une cravache et des éperons ne pourront jamais créer.

Laura se tourna vers son auditoire tandis que la lumière revenait :

— Des questions ?

Son sourire la faisait paraître très jeune. Un tonnerre d'applaudissements retentit dans la salle.

Les questions se prolongèrent au-delà de l'heure prévue. Quand Laura put enfin s'asseoir, elle fut saluée par de nouveaux applaudissements.

Debout, Margaux battait des mains en espérant que les méthodes de Heartland seraient utilisées dans le programme d'équitation de l'école.

Elle aperçut Nat au moment où il quittait la salle. Il agita la main dans sa direction, puis il lui fit signe qu'il était obligé de partir. Margaux se demanda pourquoi il était venu assister à la conférence, lui qui ne s'intéressait pas aux chevaux. Elle en vint à la conclusion qu'il était là pour soutenir tante Annie.

— Je regrette de ne pas avoir eu l'occasion de dire bonjour à Nat, lâcha Audrey sur le chemin du dortoir. Dis, Margaux, comment a-t-il pu s'inscrire dans une école comme Saint Kit avec le salaire de sa mère ?

Margaux sentit une colère sourde monter en elle.

— Je ne t'ai jamais parlé du père de Nat ? fit-elle en s'adressant à Mélanie. C'est un graphiste très coté. Il vient d'obtenir une récompense pour son travail avec Diamond Spring.

— La marque du fameux jus de fruits ! s'écria son amie, entrant dans le jeu de Margaux. Il doit être drôlement fort, dis donc !

— Un très bon produit, commenta Audrey. J'en buvais dans mon club. J'avoue que Nat m'intéresse beaucoup. Maintenant que j'en sais un peu plus sur lui, je peux me lancer !

« Maintenant que tu en sais un peu plus sur les revenus de ses parents, oui ! » rectifia mentalement Margaux, furieuse. Elle jeta un coup d'œil en direction de Laurie, que leur conversation semblait laisser de marbre. Elle n'avait pas dit un mot depuis l'épisode du petit brun.

— Si cette fille ne nous avait pas bassinés avec ses idées *alternatives*, j'aurais pu le voir ce soir, insista Audrey.

Margaux ouvrit la bouche pour défendre les méthodes de Laura Fleming, mais Laurie la devança.

— Moi, j'ai trouvé cela passionnant, déclara-t-elle, les yeux brillants. J'aimerais essayer quelques-unes de ses techniques. Je suis persuadée qu'il faut traiter un cheval avec respect, au lieu d'utiliser la force ou la peur. Je préfère travailler avec le cheval plutôt que contre lui.

— Tout à fait d'accord, intervint Jessica. Ses arguments m'ont convaincue, et je me suis dit que j'avais encore beaucoup à apprendre sur les chevaux...

Surprise par la véhémence de Laurie, Audrey ne trouva rien à répondre. « Décidément, songea Margaux, je ne saurai jamais deviner comment cette fille va réagir. »

8

Pour préparer l'épreuve de sélection, une séance d'entraînement supplémentaire avait été programmée le vendredi midi. En découvrant les obstacles qu'Annie avait disposés dans une moitié du manège, Margaux se dit que le parcours allait leur donner du fil à retordre...

Elle fit ralentir Morello au moment d'aborder le vertical que toutes les cavalières sauf Laurie avaient fait tomber.

— Vas-y doucement, murmura-t-elle en sentant le poney tirer sur les rênes.

Docile, il réduisit son allure à l'entrée du virage. L'obstacle était d'autant plus difficile qu'il avait été placé juste après le virage. Morello le franchit sans même faire trembler la barre.

— Bravo ! lui chuchota Margaux à l'oreille.

Elle fit tourner le poney en direction des barres parallèles qui marquaient la moitié du parcours. Elle était sûre à présent de ne pas faire de faute.

— Ça suffit, Margaux ! Arrête-toi, s'il te plaît !

La voix d'Annie Carmichael résonna dans l'enclos avant que Margaux ait eu le temps d'attaquer l'obstacle. Elle ramena Morello au pas en regardant sa tante. Annie n'avait demandé à aucune autre fille de s'arrêter avant la fin du parcours de douze obstacles.

— Mais... je n'ai pas fini ! protesta-t-elle.

— Je sais, répliqua sèchement l'instructrice. Je trouve que Morello en a assez fait pour aujourd'hui.

Sans rien dire, Margaux fit pivoter le poney et quitta l'enclos. En surprenant le regard suffisant d'Audrey, elle fit un gros effort pour ne rien laisser paraître de ses sentiments.

« Dire que je craignais qu'on ne me soupçonne de bénéficier d'un traitement de faveur de la part de tante Annie ! Ce serait plutôt le contraire... », pensa-t-elle avec amertume.

— Margaux ! Attends-nous !

La jeune fille se retourna : Pauline et Audrey couraient vers elle dans le couloir menant à la salle d'étude. Depuis le fiasco de la séance d'équitation, elle avait réussi à éviter Audrey. Elle n'était pas d'humeur à supporter ses remarques ironiques.

— Depuis des heures, on a l'impression que tu veux te rendre invisible ! lança Audrey en la rattrapant.

— J'ai des progrès à faire, la preuve...

— Je suis sûre que Mme Carmichael ne cherchait pas à te frustrer, fit Pauline.

— Tu parles ! Elle a laissé tout le monde terminer son parcours, sauf moi ! grommela Margaux. « Morello en a assez fait ! » Qu'est-ce que ça veut dire ?

— Peut-être qu'il n'est pas prêt, tout simplement, suggéra Pauline.

— C'est sa première année à Chestnut Hill, enchaîna Audrey avec un sourire hypocrite. Il n'est sans doute pas au niveau des autres chevaux de notre groupe.

Margaux lui lança un regard noir et serra les dents : elle n'allait pas lui donner la satisfaction de répondre à son insulte ! Audrey savait très bien que Morello était pétri de talent.

Elle lui tourna le dos et entra dans la salle d'étude, où les bureaux étaient disposés en ligne, afin que les élèves puissent travailler sans être distraites. Elle balaya la pièce des yeux pour voir qui les surveillait et poussa un soupir de soulagement en apercevant la chevelure rousse de Mme Hudson. Le professeur de dessin passait le plus clair de son temps à crayonner et ne s'occupait pas des élèves tant qu'elles ne faisaient pas de bruit.

Margaux prit place à son bureau préféré, près d'une fenêtre d'où on avait une vue superbe sur le campus. Elle ne parvenait pas à chasser de son esprit ce qui s'était passé dans le manège. Au bout d'un moment, elle se rendit compte qu'elle lisait pour la troisième fois le même paragraphe de son livre de géographie. Alors qu'elle s'étirait sur sa chaise, elle vit Patty glisser un bout de papier à Jessica et faire un geste de la tête dans sa direction. « Que se passe-t-il ? J'espère que c'est drôle. Je n'ai pas ri depuis longtemps... »

Jessica lut le message et le lui remit. Il disait : « Les filles de sixième d'Adams sont invitées ce soir, à 11 heures, chambre 3, à jouer à "Action ou vérité". Celles qui ne viendront pas s'en mordront les doigts ! »

Margaux sentit son moral remonter en flèche. Elle adorait ce jeu ! Elle replia la feuille et la lança sur le bureau de Mélanie, qui poussa un cri de surprise. Tout le monde la regarda. Margaux lui indiqua le bout de papier en équilibre au bord de sa table. Mme Hudson releva la tête.

— Tout va bien, Mélanie ?

— Oui, madame, répondit la jeune fille avec de grands yeux innocents en glissant le message dans sa manche. J'ai failli faire tomber mon livre.

Mme Hudson s'avança vers elle en inspectant les bureaux.

— On ne travaille pas beaucoup, par ici, à ce que je vois, fit-elle en s'arrêtant devant les pages blanches du cahier de Margaux. Si vous ne voulez pas rester jusqu'au dîner, je vous conseille de vous y mettre.

Après l'extinction des lumières, qui avait lieu à 22 heures, les filles attendirent une heure dans le noir pour être sûres que les responsables de dortoir s'étaient endormies. Chacune à son tour, elles parlèrent de leur vie et de ce qu'elles avaient fait pendant l'été. Margaux avait le sentiment qu'elles se connaissaient désormais beaucoup mieux, qu'elles partageaient une véritable intimité. Même Audrey s'était laissée aller, au point que Margaux se demandait si son attitude caustique et égoïste n'était pas juste une façade.

Enfin, elle repoussa ses couvertures et se leva, le cœur battant à l'idée d'enfreindre le règlement.

— Prête ? chuchota Pauline.

Elle alluma sa torche, le faisceau braqué sur le visage de Margaux, qui se cacha les yeux avec le bras.

— Oh ! pardon !

Quand Margaux fit mine de s'évanouir, Pauline éclata de rire.

— Taisez-vous ! souffla Audrey. Nous allons nous faire repérer !

Étouffant un rire nerveux, elles sortirent dans le couloir.

Les autres étaient déjà dans la chambre de Patty. Une lumière très douce filtrait d'une lampe de chevet posée par terre.

— Servez-vous, fit Patty en montrant une montagne de gâteaux, de sucreries et de chips. Nous allons commencer, poursuivit-elle en tapotant son lit pour inviter Audrey et Pauline à s'installer près d'elle.

Alexandra, Laurie et Y Lan étaient assises en tailleur sur le lit de Jessica. Mélanie s'était allongée à plat ventre sur le dernier lit, les mains sous le menton. Elle s'écarta pour faire de la place à Margaux.

— Alors, fit Audrey. Qui se lance ?

— On devrait commencer par Patty, déclara Alexandra. C'est son idée.

— On est obligées de jouer à ce jeu ? demanda Laurie. On pourrait faire autre chose... se raconter des histoires de fantômes, par exemple.

— C'est bon pour les petites filles, lâcha Audrey d'un ton méprisant.

— Pourquoi tu ne veux pas jouer à « Action ou vérité », Laurie ? fit Mélanie. Aurais-tu quelque chose à cacher ?

— Puisque c'est comme ça, je vais commencer, déclara Audrey, impatiente. Action ou vérité, Y Lan ?

La jeune fille se redressa, surprise d'être la première.

— Vérité, répondit-elle après un instant d'hésitation.

— Quelles sont les chaussures les plus chères que tu aies jamais achetées ?

— Quelle question ! soupira Mélanie.

— Elle a choisi vérité, insista Audrey.

— Une paire d'escarpins à cinq cents dollars, répondit Y Lan. Et c'étaient des chaussures d'occasion !

— Ouah ! souffla Pauline, l'air incrédule.

— C'était pour une œuvre de bienfaisance : les fonds recueillis étaient versés à des orphelins mexicains. Ma mère m'a acheté une des paires de chaussures mises aux enchères par des célébrités.

— Comment se fait-il que la mienne n'ait pas été invitée ? lâcha Audrey. Elle est administratrice de trois œuvres caritatives !

— La vente a eu lieu à Los Angeles, lui fit remarquer Y Lan.

— Alors, fit Patty, à qui appartenaient ces chaussures ?

— À Drew Barrymore, je crois... ou bien à Cameron Diaz. Je ne m'en souviens plus. Mais elles étaient magnifiques. Voilà, je crois que je suis tirée d'affaire.

Elle désigna Jessica.

— Action ou vérité ?

— Action ! répondit Jessica... Non, vérité !

— Très bien, fit Y Lan. Es-tu déjà sortie avec un garçon ?

Le sang monta aux joues de Jessica, et tout le monde tendit l'oreille, comprenant qu'il y avait de la confidence dans l'air. Patty encouragea sa camarade :

— Allez, dis-nous tout !

Jessica se mordilla la lèvre.

— Vous êtes sûres qu'il n'y a personne à la porte ?

Elles se retournèrent, s'attendant à voir la poignée tourner. Margaux se pencha pour vérifier s'il n'y avait pas une ombre sous la porte. Personne !

— Tu ne vas pas t'en tirer comme ça, Jessica ! dit-elle. Parle !

— Je vais tout vous dire ! Je connais un garçon de quatrième, Marcus. Son père travaille avec ma mère. Il fait de l'import-export.

— Où est-ce que tu l'as rencontré ? demanda Audrey, les yeux brillant de curiosité.

— Dans un entrepôt. Oui, je sais, il y a des endroits plus romantiques...

— Qu'est-ce que vous avez fait ? lança Patty.

— Pas grand-chose. Il est passé me chercher dans la galerie de ma mère, à New York. Nous avons fait une balade dans Central Park et nous avons pris un café. C'était à la fin de l'été ; je ne l'ai pas revu depuis.

— Tu lui as téléphoné ? voulut savoir Mélanie.

— Pas encore, répondit Jessica en souriant. Je lui ai envoyé quelques e-mails, et il m'a écrit deux fois.

— Pas possible ! s'écria Audrey. Qu'est-ce qu'il te disait dans ses lettres ?

— Ça suffit ! déclara Jessica, rouge de confusion. Je ne dirai pas un mot de plus. À toi, Laurie. Action ou vérité ?

Laurie respira un grand coup :

— Désolée. Je passe mon tour.

« Qu'est-ce qu'elle a, cette fille ? se demanda Margaux une fois de plus. Pourquoi tous ces mystères ? »

— C'est à croire que tu as un affreux secret que tu ne veux pas partager avec nous ! commenta Mélanie. Tu sais, parfois il est bon de se confesser.

— Vous m'excuserez, dit Laurie d'une voix ferme, je préfère écouter.

— Je te signale que, si tout le monde faisait pareil, lâcha Audrey d'un ton dédaigneux, il n'y aurait rien à écouter ! Demande à quelqu'un d'autre, Jessica.

Laurie baissa la tête, mais Margaux eut le temps de lire dans son regard un grand soulagement.

— À toi, Audrey, fit Jessica.

— Action, répondit Audrey sans hésiter.

— Je te mets au défi de descendre dans le hall et de rapporter une feuille de plante verte, déclara Jessica, les yeux brillants.

— Audrey, tu as le droit de demander qu'elle change de défi, intervint Patty en faisant la grimace. C'est risqué, de descendre dans le hall.

— Fais-moi confiance ! Je serai de retour dans deux minutes... Vous pouvez chronométrer !

Audrey sauta du lit et traversa la chambre sur la pointe des pieds. Elle se retourna en souriant avant d'ouvrir la porte et disparut dans le couloir. C'est Pauline qui rompit le silence :

— Elle n'a même pas pris la torche !

— Si elle tombe dans l'escalier et se casse une jambe, dit Mélanie, songeuse, tu crois qu'elle me laissera monter Bluegrass ?

Elle éclata aussitôt de rire, imitée par Margaux.

— Je ne trouve pas ça drôle ! déclara Patty. Nous avons besoin d'elle dans l'équipe.

Au bout de cinq minutes, l'inquiétude gagna tout le monde. Soudain, la porte s'entrouvrit et une grande feuille vernissée s'agita dans l'ouverture. Les filles poussèrent un soupir de soulagement.

Audrey entra dans la chambre et fit une révérence.

— Pourquoi tu as pris tout ce temps ? demanda Patty. On s'inquiétait !

— J'avais cru entendre un bruit, expliqua Audrey. Je suis montée sur l'appui de la fenêtre et me suis cachée derrière les rideaux. J'ai attendu deux minutes pour m'assurer qu'il n'y avait personne. Voilà, j'ai rempli mon contrat. À toi, Margaux. Action ou vérité ?

— Action.

Un mystérieux sourire aux lèvres, Audrey laissa tomber sa feuille dans la corbeille à papier.

— Je te mets au défi d'aller seller Morello et de terminer le parcours que Mme Carmichael t'a demandé d'interrompre.

L'atmosphère de la chambre se chargea d'électricité.

— Ce n'est pas la même chose que voler une feuille d'une plante verte ! protesta Pauline.

Audrey haussa les épaules en regardant Margaux dans les yeux.

— Bien sûr, si tu ne t'en sens pas capable...

Margaux ferma les yeux. Elle en avait assez, des remarques désobligeantes de cette peste. Elle devait relever le défi. Sans prendre le temps de réfléchir aux conséquences, elle se leva d'un bond.

— C'est parti !

9

— Tu es folle ! s'écria Laurie. Tu ne vas pas faire ça !

— Bien sûr que si ! Donnez-moi juste quelques minutes pour mettre ma culotte d'équitation. Je vous retrouve au manège, répondit Margaux.

Son cœur battait à tout rompre, mais elle ne pouvait plus reculer.

— Tu m'excuseras, fit Jessica avec fermeté, je n'y serai pas. Je trouve que vous allez trop loin !

— Comme tu voudras. Personne n'a à courir le risque de se faire prendre avec moi.

— C'est de la folie ! insista Laurie. As-tu pensé à Morello ? Tu ne vas pas le sortir de son box et l'obliger à sauter en pleine nuit !

Margaux sentit la colère monter en elle.

— Eh bien, si ! Comme ça, je saurai s'il est au niveau !

— Je t'accompagne dans la chambre, mais je n'irai pas au manège, déclara Pauline d'une voix douce. Désolée si tu crois que je te laisse tomber...

— Je t'ai dit qu'il n'y avait pas de problème, fit Margaux avec un sourire contraint.

« Il y aura moins de chances qu'on se fasse prendre s'il n'y a qu'Audrey et moi », se dit-elle en s'efforçant de garder son calme.

— Je retourne dans ma chambre, annonça Laurie.

Elle se leva, imitée par Alexandra.

— Et toi, Mélanie ? Tu viens ? demanda Margaux.

— Quelle question ! Je ne me suis pas amusée comme ça depuis bien longtemps. Je t'attendrai là-bas !

À la clarté laiteuse de la pleine lune Margaux suivit le chemin menant à l'écurie. Il faisait assez clair pour distinguer les obstacles, mais elle risquait de se faire surprendre. Une fois devant l'entrée de l'écurie, nerveuse, elle se retourna pour s'assurer qu'il n'y avait personne. Il ne lui restait plus beaucoup de temps pour préparer Morello. Elle vit avec soulagement que la maison de sa tante, située à la lisière d'un petit bois, était plongée dans l'obscurité.

La porte de l'écurie produisit un grincement qui lui sembla assourdissant. Elle se figea sur le seuil, se demandant si elle pouvait allumer les lumières. Elle décida que non ; les chevaux croiraient que c'était le matin, et ils salueraient le lever du jour par un concert de hennissements.

La rentrée

Elle longea l'allée à pas pressés, la torche dirigée vers le sol. Elle passa par la sellerie pour prendre la bride et la selle de Morello, puis elle ouvrit la porte de la stalle du poney. Il était couché. Il tourna vers elle un regard ensommeillé et se mit debout avec des mouvements hésitants.

— Viens, mon beau, murmura-t-elle. On va s'amuser un peu !

Le bruit des sabots de Morello résonnait sur le sol quand ils sortirent de l'écurie. Chaque pas faisait vibrer le silence de la nuit. En regardant sa montre, Margaux vit qu'un quart d'heure s'était écoulé depuis son départ du dortoir. Mélanie, Y Lan, Audrey et Patty attendaient près de la porte du manège. À leur vue, Morello dressa les oreilles.

Avant de se mettre en selle, Margaux vérifia si la sangle était bien serrée.

— Vas-y doucement, lui conseilla Mélanie d'une voix étonnamment sérieuse. Si tu as l'impression que c'est trop risqué, n'essaie pas de le faire sauter.

Il ne fallut pas longtemps à Margaux pour comprendre que, malgré le clair de lune, elle n'y voyait pas suffisamment.

— J'ai besoin de lumière, déclara-t-elle en revenant vers les autres.

— Tu ne serais pas en train de te dégonfler, par hasard ? railla Audrey.

— Bien sûr que non ! riposta Margaux. Je ne veux pas que Morello se blesse, c'est tout.

— Nous pourrions aller chercher le chariot élévateur et braquer les phares sur les obstacles, suggéra Mélanie.

— Et pourquoi pas allumer les projecteurs et annoncer par le haut-parleur que Margaux va terminer son parcours ? répliqua sèchement Audrey.

— Je disais ça pour rire ! gloussa Mélanie.

— Et si nous allions chercher d'autres torches électriques ? intervint Patty.

— Si c'est le seul moyen..., lâcha Audrey d'un ton résigné.

— Ce ne sera pas long, lui assura Y Lan avant de suivre les autres, qui disparaissaient dans l'obscurité.

Margaux eut le temps de réfléchir à la situation. Monter sans monitrice et sans autorisation, passait encore ; mais sans éclairage... c'était suicidaire ! Elle se pencha pour entourer de ses bras l'encolure de son poney.

— Aide-moi à me sortir de là, murmura-t-elle, la tête enfouie dans sa crinière, et je te promets de ne plus jamais faire une chose aussi stupide.

Quand elle vit trois cônes de lumière danser dans l'obscurité, elle se redressa et ajusta les rênes. Son cœur battait si fort qu'il résonnait dans sa tête.

Les quatre filles braquèrent leurs torches sur les barres parallèles du premier obstacle. Les pinceaux lumineux éclairant les alentours de l'obstacle donnèrent confiance à Margaux. Elle allait réussir ! D'un coup de talon, elle lança

Morello au petit galop et lui fit dévier de sa trajectoire pour qu'il se présente face à l'obstacle. Avançant d'une foulée régulière, le poney prit son élan, les oreilles pointées. Margaux sentit une bouffée d'affection monter en elle : il était si courageux, si volontaire, si fidèle !

Morello franchit aisément l'obstacle. Elle le fit tourner pour aborder en cinq foulées la barrière suivante.

Soudain, les torches s'éteignirent, et l'enclos fut plongé dans l'obscurité. Alors qu'elle tirait sur les rênes de toutes ses forces pour arrêter le poney avant l'obstacle, Margaux entendit la voix de sa tante déchirer le silence de la nuit :

— Margaux Walsh ! Descends immédiatement de ce cheval !

Margaux se força à avaler une bouchée de céréales. Elle était convoquée à 9 heures dans le bureau de Mme Starling. Inutile de dire qu'elle aurait préféré rencontrer la directrice en d'autres circonstances... La cafétéria était presque déserte, la plupart des élèves profitant de ce samedi matin pour faire la grasse matinée.

Elle revit sa tante et Mme Herson, aussi furieuses l'une que l'autre, arriver en même temps au manège. Elle revit Annie qui se taisait, les mâchoires serrées, et Mme Herson qui avait raccompagné les filles au dortoir. C'est elle qui lui avait ordonné en quelques phrases sèches de se présenter le lendemain matin, à 9 heures précises, au bureau de la directrice.

Margaux n'avait pas fermé l'œil de la nuit.

Elle ne remarqua la présence d'Audrey et de Patty qu'en entendant une voix murmurer à son oreille.

— Merci de ne pas avoir dit que je t'avais mise au défi de monter Morello en pleine nuit, lâcha la première.

— Il n'est pas un peu tôt pour le petit déjeuner du samedi ? ironisa Margaux.

— Je t'en prie ! fit Audrey. On ne pouvait pas te laisser tomber après ce qui est arrivé hier soir. Alors ? Tu es convoquée chez Mme Starling ?

— Dès que j'aurai terminé ça, répondit Margaux en montrant son bol de céréales.

— Tu vas lui raconter ce qui s'est passé ? demanda Patty.

— Tu parles de notre jeu ? Je ne vois pas l'intérêt de faire punir tout le monde.

— Si tu savais comme je m'en veux ! gémit Audrey, les mains plaquées sur ses deux joues. Je n'avais pas pensé aux conséquences de ce défi stupide. Je n'aurais jamais cru que tu le relèverais.

— Eh bien, tu t'es trompée.

Margaux n'était pas dupe : elle savait qu'Audrey et Patty n'étaient venues que pour la convaincre de ne pas les dénoncer.

— Vous ne m'avez pas obligée à le faire, souligna-t-elle. La décision m'appartenait. J'ai monté Morello sans en avoir la permission : je serai punie.

En effet, elle ne pouvait en vouloir à personne. Elle n'avait qu'à refuser de relever le défi, quitte à se dégonfler devant Audrey.

— J'espère seulement que tu ne seras pas exclue de l'école, susurra celle-ci. Tu nous manquerais trop...

Margaux repoussa son bol : impossible d'avaler une bouchée de plus. Elle avait l'estomac noué.

— Si ma punition est de nettoyer les toilettes du foyer pendant trois semaines, je vous passerai une serpillière, promit-elle avec un sourire forcé en se levant.

— Bonne chance ! lancèrent les deux filles en chœur.

Margaux ne se retourna pas. Elle avait la bouche sèche. Elle accepterait tout, pourvu qu'elle ne soit pas renvoyée de Chestnut Hill !

Les yeux rivés sur la jupe plissée de son uniforme, elle attendait devant le bureau de la directrice à côté de Mme Danby, la secrétaire. Après lui avoir indiqué une chaise, celle-ci ne lui avait plus dit un mot. Les mains croisées sur les genoux, la coupable parcourut les titres des livres alignés sur les rayonnages : les œuvres complètes de Shakespeare, *Guerre et Paix* de Tolstoï... Elle n'eut pas le temps d'aller plus loin. La porte de la directrice s'ouvrit pour laisser le passage à Mme Herson.

— Tu peux entrer, dit-elle d'une voix sans expression.

La mort dans l'âme, Margaux la suivit dans la grande pièce lambrissée. Elle vit sa tante, assise dans un des trois fauteuils alignés devant le bureau ; Annie ne tourna pas la tête à l'entrée de sa nièce, qui resta indécise, ne sachant si elle devait prendre un siège.

— Assieds-toi là, Margaux, fit Mme Starling.

Margaux s'installa au bord du fauteuil, entre Mme Herson et sa tante. Elle se sentait de plus en plus nerveuse. Qui aurait pu imaginer qu'elle serait convoquée un samedi matin dans le bureau de la directrice trois semaines seulement après la rentrée ?

— J'irai droit au but, Margaux, déclara Mme Starling en jouant avec son stylo. Nous sommes toutes profondément déçues par ce qui s'est passé hier soir.

Margaux avait de la peine à respirer. Elle baissa la tête, rouge de honte.

— Il ne s'agit pas seulement du fait que tu as enfreint le règlement de l'école, poursuivit la directrice sans élever la voix, mais de quelque chose de bien plus grave. Il s'agit de la confiance que nous plaçons dans nos élèves. Quand cette confiance a été trahie, reprit Mme Starling après un silence en plongeant ses yeux gris dans ceux de Margaux, il m'appartient de décider si nous pouvons la donner à nouveau.

Margaux sentit son cœur s'emballer. « Voilà, se dit-elle, je vais me faire renvoyer de Chestnut Hill à cause d'un jeu stupide. Que vont dire mes parents ? »

— J'ai discuté avec Mme Carmichael et Mme Herson. Elles ne comprennent ni l'une ni l'autre ce qui t'a poussée à accomplir un acte aussi irréfléchi. Enfin, Margaux, est-il intelligent, est-il raisonnable de faire sauter un cheval dans l'obscurité ?

La directrice s'interrompit. À l'évidence, elle attendait que son élève lui donne une explication, qu'elle prouve qu'elle était intelligente et raisonnable.

Jamais de sa vie Margaux ne s'était sentie aussi mal. Même s'il était tentant d'avouer que l'idée ne venait pas d'elle, il lui fallait en assumer toute la responsabilité.

— Je suis désolée, déclara-t-elle en affrontant le regard perçant de Mme Starling. Je ne sais pas ce qui m'a pris.

— Il faut que tu saches, Margaux, que Mme Carmichael t'a défendue avec passion. Elle nous a expliqué que tu avais beaucoup monté Morello cet été et que vous aviez des liens très forts. Elle est convaincue que tu n'aurais jamais monté un autre cheval de nuit et sans autorisation.

Margaux ressentit une bouffée de gratitude envers sa tante.

— Cela n'empêche pas que ce que tu as fait était très dangereux, reprit la directrice en tapotant son bureau avec la pointe de son stylo. On te décrit dans ton dossier scolaire comme une élève mûre et consciencieuse, ce que confirme Mme Herson. Pour cette raison, j'ai décidé de te donner une deuxième chance.

Margaux écoutait sans rien montrer des sentiments qui l'agitaient. Une lueur d'espoir se mit à briller au plus profond de son esprit. Cependant le regard de Mme Starling pesait toujours sur elle avec gravité.

— Cela dit, tu dois comprendre que ce que tu as fait mérite une punition. En accord avec Mmes Carmichael et Herson, j'ai décidé de t'infliger une semaine de retenue, tous les jours, après les cours.

La directrice s'interrompit et se pencha vers Margaux pour lui assener le coup de grâce :

— Et interdiction de monter à cheval pendant deux semaines.

10

Margaux eut l'impression d'avoir reçu une décharge électrique. Elle se leva, le cœur battant à tout rompre.

— Pas... pas de cheval pendant deux semaines ? Et l'épreuve de sélection ?

— Assieds-toi, Margaux ! lui ordonna sèchement Annie Carmichael.

— L'épreuve de sélection..., répéta Margaux. Entrer dans l'équipe, c'est ce qui compte le plus pour moi.

— J'espère, fit Mme Herson d'un ton cassant, que ton attachement pour l'école ne se réduit pas à l'équipe d'équitation.

Margaux se laissa tomber lourdement dans son fauteuil. « C'est un cauchemar ! » songea-t-elle, le regard fixé sur le tapis bleu dont les motifs se brouillaient devant ses yeux. Quand elle releva la tête, elle vit, au-dessus du bureau de la directrice, la devise de l'école : *Veritas. Sapientia. Fides.* C'est-à-dire : « Vérité. Sagesse. Fidélité. »

Eh oui ! Avec un peu plus de sagesse, elle aurait choisi
« vérité » au lieu de « action » et elle aurait évité les ennuis.

Annie s'éclaircit la voix.

— Il faut que tu comprennes que vous avez eu beaucoup de chance, le cheval et toi, de ne pas vous blesser
dans l'obscurité. Si je t'ai demandé de ne pas terminer le
parcours avec Morello, c'est parce qu'il avait déjà travaillé
pendant le cours précédent. On n'impressionne personne
quand on cherche à se mettre en valeur à tout prix, et je
ne tolère pas cette attitude lorsqu'elle expose un de mes
chevaux au danger.

Margaux se raidit. Cela ne s'était pas passé comme ça !
Pas du tout ! Elle se força au silence, sachant que, si elle
répondait, la punition pourrait devenir bien plus sévère.
Elle préférait se dire que, malgré l'interdiction de monter
à cheval pendant deux semaines, il lui en resterait une
pour préparer l'épreuve de sélection.

En sortant du bureau de la directrice, Margaux était
désemparée. Elle ne pouvait même pas aller voir Morello,
l'écurie lui étant interdite pendant la durée de sa retenue.
L'idée de passer toute la journée du samedi sans s'en
approcher lui était insupportable.

— Margaux !

En se retournant, elle vit Audrey qui lui faisait discrète-
ment un petit signe de la main depuis l'angle du couloir.
Margaux se dirigea vers elle.

— À quoi tu joues ? demanda-t-elle.

— Alors ? Qu'a décidé la directrice ? On est toutes renvoyées ?

— Je vous avais dit que je vous laisserais en dehors de cette histoire, répondit Margaux. Mais je m'étonne d'être la seule à avoir été convoquée dans son bureau. Elles ont vu qu'il y avait d'autres filles au manège...

— Nous serons peut-être convoquées plus tard, la coupa Audrey en la prenant par le bras. Allez, viens ! Il faut que tu nous racontes ! Tout le monde t'attend !

En les voyant arriver, Y Lan et Jessica abandonnèrent leur partie d'échecs.

— Venez près de moi ! s'écria Mélanie, un casque sur les oreilles, en tapotant le canapé.

Alexandra ferma le livre qu'elle lisait, *La couleur pourpre*, un des ouvrages à étudier au premier semestre.

— Comment ça s'est passé ? demanda-t-elle.

— Ç'aurait pu être pire, répondit Margaux en s'asseyant près de Mélanie. Je ne suis pas renvoyée, c'est déjà ça.

— Qu'est-ce que tu as comme punition ? l'interrogea Audrey d'une voix qui se voulait pleine de sympathie.

— Je n'aurais jamais cru que cette histoire ferait de moi une vedette ! ironisa Margaux en constatant que seule Laurie manquait à l'appel.

— Allez, raconte-nous comment ça s'est passé ! fit Y Lan.

— J'ai écopé d'une semaine de retenue, et je suis privée de cheval pendant quinze jours.

— Tu dois être folle de rage, soupira Mélanie.

— On peut dire ça.

— Tu n'auras qu'une semaine pour te préparer à l'épreuve de sélection, murmura Audrey. Si tu savais comme je regrette de t'avoir lancé ce défi stupide ! J'aurais mieux fait de te demander de manger trois gros gâteaux.

— Auxquels tu aurais mélangé de l'arsenic, j'imagine ! enchaîna Mélanie.

Vexée, Audrey garda le silence.

— Ce que je ne comprends pas, intervint Jessica, c'est que personne d'autre n'ait été puni.

— Je suppose que Mme Herson a cru que nous cherchions Margaux, suggéra Audrey en haussant les épaules.

— Vraiment ? répliqua Jessica. D'après Mélanie, vous étiez en train d'éclairer le parcours. Cela ressemble à de la complicité, non ?

— En tout cas, intervint Mélanie, j'aimerais bien savoir qui a cafardé. Ce n'est pas joli joli, cette façon d'agir.

— Qu'est-ce qui te fait croire que quelqu'un a dénoncé Margaux ? demanda Patty.

— Arrête ! Ne me dis pas que Mme Herson s'est réveillée en pleine nuit pour vérifier si Margaux était bien dans son lit ! Et qu'elle est aussitôt allée chez Mme Carmichael avant de foncer avec elle au manège !

— C'était une idée stupide, lança une voix dans leur dos. Vous avez eu de la chance que personne n'ait été blessé.

Margaux, qui suivait attentivement les paroles de Mélanie, n'avait pas entendu Laurie entrer. Quand elle se retourna, celle-ci affronta son regard sans ciller.

— J'espère que tu as compris, maintenant ! Faire sauter Morello dans l'obscurité, quelle bêtise !

Margaux se raidit. Pourquoi Laurie insistait-elle ? Tout le monde était bien d'accord là-dessus. Un soupçon se forma dans son esprit : et si c'était elle, la moucharde ?

— C'est ce que tu es allée dire à Mme Herson ? siffla-t-elle. « Margaux vient d'avoir l'idée stupide de faire sauter Morello en pleine nuit. Allez vérifier par vous-même. »

— Margaux..., fit doucement Jessica pour la calmer.

— Si Mme Herson n'était pas arrivée, lança Laurie, les bras croisés sur la poitrine, Morello aurait pu se blesser en heurtant un obstacle.

— Tu es incroyable ! répliqua Margaux en se levant. Il faut toujours que tu aies raison ! Depuis la rentrée, tu te comportes comme si tu valais mieux que nous toutes. Tu préfères nettoyer l'écurie plutôt que regarder un film avec nous, tu refuses de jouer à « Action ou vérité »... Tu te crois supérieure aux autres parce que tu as gagné la bourse Rockwell, c'est ça ?

Laurie blêmit ; ses yeux s'embuèrent. Sans un mot, elle pivota sur ses talons et sortit en claquant la porte.

— Heureusement que tu n'as pas été renvoyée, Margaux, fit Audrey. Qu'est-ce qu'on s'amuse, avec toi !

Dans la soirée, Margaux alla se promener au bord du lac. Elle appela Nat sur son portable et contempla la surface argentée des eaux tranquilles en attendant qu'il réponde. Un peu plus tôt, elle avait téléphoné à ses parents pour leur donner sa version de l'affaire. Son père s'était déclaré déçu. Elle ne lui avait pas tout raconté, mais il avait fini par comprendre les circonstances qui l'avaient poussée à ce « comportement irrationnel et inacceptable ». Sa mère exigeait qu'elle dénonce les autres, et Margaux avait eu toutes les peines du monde à la convaincre que ce n'était pas la bonne solution.

Elle avait besoin de discuter avec quelqu'un qui la connaissait bien, et Nat lui paraissait être la bonne personne. Au moment où elle s'apprêtait à raccrocher, elle entendit un déclic.

— Alors, qu'est-ce qui se passe ?

— Pas grand-chose, répondit Margaux.

— Ah bon ? dit Nat. Tu voudrais me faire croire ça ? Tu n'as pas envie d'en parler, plutôt !

— Ne me dis pas que tu es déjà au courant.

— Je pourrais faire comme si je ne savais rien, répondit sèchement Nat, mais cela servirait à quoi ?

— Et si tu essayais d'être un peu sympa, de temps en temps ?

Margaux entendit un soupir excédé au bout du fil.

— D'accord, je vais être franc avec toi. Ma mère m'a raconté toute l'histoire à 3 heures du matin. Elle était très inquiète : elle craignait de se faire virer. Elle m'a dit qu'elle avait été dure avec toi depuis la rentrée, parce qu'elle sait que tu es une bonne cavalière. Elle m'a appelé pour me demander si je savais ce qui t'avait poussée à faire ça. Je lui ai juré que je n'en avais pas la moindre idée.

Margaux ne trouva rien à répondre. Elle ne s'attendait pas à ce que Nat lui fasse la morale. Les bêtises, ça le connaissait !

— Voilà pourquoi je suis au courant, conclut-il. Mais je veux bien entendre ta version des événements.

Margaux hésita, ne sachant pas si elle devait confier la vérité à son cousin. Elle désirait pourtant qu'il sache deux choses : l'idée n'était pas d'elle, et elle n'avait pas cherché à créer des ennuis à sa tante.

— C'est vrai qu'elle n'a pas été tendre avec moi, dit-elle, mais je t'assure que mes rapports avec tante Annie n'ont rien à voir dans cette histoire.

Sur ce, elle lui raconta ce qui s'était passé en prenant soin de ne mentionner aucun nom pour protéger ses camarades, même si elle savait que Nat gardait toujours ses confidences pour lui.

— Eh bien... fit-il quand elle eut terminé. Pour une connerie, c'est une belle connerie !

Il ne lui remontait pas le moral !

— Merci beaucoup... Ça me fait chaud au cœur, ce que tu dis...

Le ton de Nat n'était pourtant pas accusateur. Il donnait plutôt l'impression d'être amusé par cette mauvaise blague, sans chercher à juger sa cousine.

— Je comprends comment tu t'es laissé entraîner dans cette histoire. Difficile de se dégonfler quand on te lance un défi ! Et tu as une semaine de retenue ?

— Oui. Et pas de cheval pendant quinze jours.

— Ma pauvre ! Je te plains ; tu dois être très mal. On essaie de se voir samedi prochain ? On se fera une toile, ça te changera les idées.

— Super, Nat. Merci.

Elle était soulagée que son cousin ne la condamne pas. Elle aurait plaisir à le voir. Après avoir raccroché, elle lança un caillou dans le lac et regarda les ondes concentriques qui se formaient à la surface de l'eau. Finalement, elle ne s'en sortait pas trop mal, avec cette interdiction de deux semaines. Cela aurait pu être pire.

Margaux passait ses soirées seule dans la salle d'étude à faire ses devoirs et à tourner en rond. Les premiers jours, le temps lui avait semblé affreusement long. Elle n'avait pas beaucoup parlé aux autres : les filles paraissaient n'avoir pas grand-chose à lui dire. Elle avait surpris des commentaires sur les parcours mis en place par Annie, mais ses camarades s'étaient tues en l'apercevant.

La rentrée

Quant à Laurie, elle ne la voyait jamais ; elle devait passer son temps à l'écurie. Margaux regrettait que les choses se soient passées de cette façon : Laurie lui avait beaucoup plu dès le début. C'est vrai qu'elle ne livrait rien de sa vie personnelle, mais elle était si drôle !

Être condamnée à la solitude avait pourtant un bon côté : elle pouvait prendre de l'avance dans toutes les matières. Ainsi, quand elle serait autorisée à remonter à cheval, elle se concentrerait uniquement sur l'épreuve de sélection. C'était sa seule chance de réussir.

Enfin libérée ! Margaux pressa le front contre la vitre de la camionnette. Après une semaine de retenue, elle avait l'impression de sortir de prison. « Au moins, Audrey aura été sympa », se dit-elle en regardant le tee-shirt Versace que sa camarade de chambre lui avait prêté pour leur balade en ville. Tout au long de sa punition, Margaux avait eu l'impression qu'Audrey essayait de se faire pardonner.

Mais ce qui la rendait véritablement heureuse, c'était Morello. Ce matin-là, avant même le petit déjeuner, elle avait fait un saut à l'écurie pour le voir. Il l'avait accueillie par un hennissement joyeux. Le cœur gros, elle lui avait expliqué qu'elle ne pouvait pas encore le monter et promis de lui rendre visite aussi souvent qu'elle pourrait.

— Vous voulez jouer au bowling avec nous, après le déjeuner ? proposa Audrey.

— Je ne crois pas qu'on aura le temps de faire un bowling *et* de voir un film, répondit Margaux.

Elles étaient six dans la camionnette. Le règlement de l'école imposait aux élèves d'être au moins trois pour se promener en ville. Pauline et Patty faisaient partie du groupe d'Audrey ; Margaux était avec Jessica et Y Lan.

— D'accord, fit Audrey. Si vous changez d'avis, appelez-moi sur mon portable.

Le véhicule s'arrêta devant une cafétéria, à l'extrémité du vaste centre commercial. Dès qu'elle ouvrit la portière, Margaux sentit un arôme de café qui la fit saliver.

— Je n'ai pas bu un bon crème depuis si longtemps ! soupira Jessica.

— Cela ne remonterait pas par hasard à un certain café pris à New York en bonne compagnie ? demanda Margaux en échangeant un regard amusé avec Y Lan.

Jessica haussa les épaules et poussa la porte de la cafétéria.

À l'intérieur, une longue file d'attente s'étirait le long du comptoir.

— Si vous cherchiez une table pendant que je fais la queue ? proposa Y Lan.

Margaux lui demanda de lui prendre un café et suivit Jessica.

— Tu voulais bien un grand thé vert, Jessica ? dit-elle quand elles se furent installées.

— Comment ça, du thé ? s'écria la jeune fille. Non, je voulais un crème !

Elle fit mine de se lever pour aller rejoindre Y Lan dans la queue quand Margaux éclata de rire : Jessica avait tendance à être un peu trop sérieuse, et Margaux prenait un malin plaisir à lui jouer des tours.

— Comment une fille aussi intelligente que toi peut-elle se faire prendre à ce genre de blague stupide ? s'exclama Margaux.

— Merci pour le compliment, répliqua Jessica en rejetant ses tresses en arrière. Pourtant, je ne comprends pas comment une fille intelligente comme toi peut faire des blagues aussi nulles.

Tout à coup, elle ouvrit des yeux horrifiés en regardant par-dessus l'épaule de Margaux.

— Attention ! cria-t-elle.

— Tu ne m'auras pas ! Trop facile ! déclara Margaux en riant.

Elle regretta aussitôt de ne pas avoir écouté l'avertissement de son amie... Quelque chose de très froid lui coula dans le dos. Elle regarda par-dessus son épaule... Quelle horreur ! Une boule de glace au chocolat dégoulinait sur le beau tee-shirt d'Audrey.

— Oh ! Pardon ! s'excusa une femme derrière elle.

En se retournant, Margaux découvrit un bambin qui agitait vigoureusement un cornet vide. Deux grands yeux bleus brillaient dans sa frimousse maculée de chocolat. Quand il vit sa glace sur le carrelage, il fondit en larmes.

— Il n'y a pas de mal, prétendit Margaux en essayant de se contenir. Ce sont des choses qui arrivent.

Elle n'osait pas imaginer la tête que ferait Audrey quand elle lui rendrait son vêtement tout taché...

— Tu sais comment faire partir du chocolat de là-dessus ? demanda-t-elle à Jessica.

— C'est simple : tu jettes ton tee-shirt à la poubelle, et tu en achètes un autre. Il n'y a pas d'autre solution.

— Il est à Audrey. Elle va râler, c'est sûr.

— Comme d'habitude, marmonna Jessica.

Margaux dissimula son étonnement. Elle avait toujours cru que Jessica et Y Lan aimaient bien Audrey.

— En fait, je la trouve sympa, ces derniers temps, dit-elle.

Elle devait reconnaître qu'Audrey et Patty l'avaient soutenue plus que les autres pendant la première semaine de sa punition.

— Cette fille ne manque pas d'air ! lança Jessica. Je ne comprends pas comment tu peux la supporter.

— Tu exagères !

Margaux se tourna vers le comptoir pour voir où en était Y Lan : elle faisait encore la queue.

— Je ne pense pas que je serais aussi indulgente si j'avais été punie comme tu l'as été à cause d'elle, déclara Jessica.

Margaux était perplexe. Elle ne s'attendait pas à avoir ce genre de discussion avec un membre de la cour d'Audrey.

— C'est la faute de Laurie ! dit-elle.

— Tu crois ? Je n'en suis pas si sûre. N'oublie pas que c'est Audrey qui a lancé le défi ! Laurie ne t'a pas encouragée à le relever, c'est le moins qu'on puisse dire, et ce n'est pas son genre d'aller cafarder.

Margaux se tourna vers la vitre pour réfléchir un instant aux propos de sa camarade.

— Laurie l'a reconnu... ou c'est tout comme, fit-elle au bout d'un moment d'une voix hésitante.

— Je t'ai entendue l'accuser d'être une moucharde, répliqua Jessica, mais elle n'a rien reconnu du tout. Et si c'était Audrey ? Tu y as pensé ? En tout cas, je te parie ce que tu veux que ce n'est pas Laurie.

Margaux se sentait très mal à l'aise. Était-il possible qu'Audrey lui ait tendu un piège ? Elle s'efforçait en vain de chasser cette pensée. Dire qu'elle lui était reconnaissante de son soutien ! L'autre avait dû bien rigoler dans son dos...

Rongée par la culpabilité, Margaux déchiqueta sa serviette en papier.

— Je ne comprends pas pourquoi elle aurait fait ça, lâcha-t-elle en essayant de contenir la colère qui bouillonnait en elle.

— Je me suis posé la question, fit Jessica. J'ai toujours eu l'impression que vous n'étiez pas très proches...

Jessica était bien la seule à décrire ainsi ses rapports avec Audrey. Tout le monde savait qu'elles faisaient des efforts pour rester polies l'une envers l'autre. Elle roula en boule les lambeaux de la serviette.

— Elle s'est peut-être dit que, si tu étais punie, tu ne pourrais pas participer à l'épreuve de sélection..., suggéra Jessica.

Elle s'interrompit pour aider Y Lan, qui arrivait avec un plateau chargé de boissons fumantes et de pâtisseries.

— ... et, en admettant qu'elle se soit sentie menacée, tu peux prendre cela comme un compliment, conclut-elle. Je n'ai pas de preuves, seulement des soupçons. Je crois qu'elle en est capable.

Margaux ne savait plus quoi penser. Audrey était trop bonne cavalière pour essayer d'éliminer une rivale de cette façon ! En tout cas, il ne fallait pas qu'elle s'imagine que Margaux Walsh était hors circuit...

11

Margaux était toujours très remontée quand elle arriva devant le cinéma avec ses camarades. Plus elle réfléchissait aux propos de Jessica, plus elle soupçonnait Audrey de l'avoir poignardée dans le dos. « Si c'est bien elle, elle va être déçue : je participerai quand même à l'épreuve de sélection ! »

Elle balaya la foule du regard à la recherche de Nat. Elle finit par repérer sa tignasse rousse près de l'entrée. Il était accompagné de deux garçons, dont l'un était Caleb, le petit brun qui avait cherché à attirer le regard de Laurie le soir de la conférence. Elle se dirigea vers eux, impatiente de rapporter à son cousin les conclusions de Jessica et de savoir ce qu'il en pensait. Elle s'arrêta net au bout de quelques pas : juste devant elle se trouvait la seule personne qu'elle n'avait pas envie de voir. Audrey.

Elle boutonna aussitôt sa veste en daim pour cacher les dégats qu'avait subis son tee-shirt.

— Qu'est-ce qu'il y a ? demanda Y Lan. Ton cousin n'est pas là ?

— Si, je l'ai vu. Mais il faut que je passe un coup de fil avant d'entrer dans la salle.

— Pas de problème, fit Jessica. On s'occupe des billets.

— Merci, les filles !

En fait, Margaux voulait voir Nat pour lui expliquer qu'elle était incapable de regarder le film si Audrey était dans les parages.

— Hé ! Margaux !

Audrey ! Elle l'avait repérée dans la foule qui se pressait à l'entrée du cinéma. Margaux maudit ses cheveux roux qui l'avaient trahie.

— J'espère que tu ne nous en voudras pas de venir avec vous ? dit Audrey. On a changé d'avis : le bowling, c'est nul !

— Margaux, fit Nat en s'approchant d'elles, je te présente Josh et Caleb.

Les deux garçons avaient les cheveux courts ; ceux de Caleb étaient d'un noir d'ébène, ceux de Josh d'un blond filasse.

— Ils me poursuivent, expliqua Nat. Pas moyen de les faire décoller !

— En réalité, intervint Josh, les yeux pétillant de malice, Nat n'a pas d'amis. Il nous a donné de l'argent pour qu'on reste avec lui.

Margaux sourit : elle savait que les élèves de Saint Kit devaient eux aussi être trois pour pouvoir quitter l'école sans être accompagnés par un adulte.

— Alors, Margaux, j'espère que tu n'es pas toute seule ! lança Patty en dévisageant les trois garçons qui tenaient compagnie à la jeune fille.

— Mais non ! Elle a trop peur d'être renvoyée si elle se fait encore surprendre à enfreindre le règlement, ricana Audrey. Margaux est d'une sagesse exemplaire, ces temps-ci, poursuivit-elle en adressant un grand sourire à Nat.

— Cela m'étonne de toi, Margaux, fit Nat.

— Tu me connais bien, déclara sa cousine en espérant qu'il comprendrait où elle voulait en venir. Je ne serais jamais montée à cheval en pleine nuit si on ne m'avait pas lancé un pari stupide.

— Je vois que vous ne vous ennuyez pas, commenta Caleb. Ce n'est pas comme à Saint Kit !

— J'ai du mal à imaginer que des garçons comme vous puissent s'ennuyer, roucoula Patty en plongeant les yeux dans ceux de Caleb.

— Qu'est-il arrivé, au juste ? voulut savoir Josh.

Sans le savoir, il orientait la conversation dans la direction que Margaux souhaitait.

— Je n'ai toujours pas compris, répondit-elle. Au début, j'ai cru que notre responsable de dortoir avait découvert nos lits vides à l'occasion d'une ronde. Mais cela ne tient pas debout.

— Pourquoi ? demanda Nat.

— Parce que je n'étais pas la seule dans le manège, répondit Margaux en fixant Audrey et Patty. En tout, nous étions cinq. Il y a deux choses bizarres, dans cette histoire. D'abord, ce n'est pas notre responsable de dortoir qui est arrivée la première, mais la directrice de la section équitation. Ensuite, elle a crié mon nom avant même d'être arrivée au manège, sans avoir vu qui était à cheval.

— On t'a dénoncée ! s'écria Josh. C'est dégueulasse !

— Ça en a tout l'air, acquiesça Caleb. Tu sais qui a cafté ?

— N'importe quoi ! intervint Audrey. Mme Carmichael a dû reconnaître le poney. Margaux est folle de lui.

À cet instant, Pauline s'approcha du petit groupe.

— Je vous dérange ? fit-elle. Tout va bien, Margaux ? Son sourire s'effaça lorsqu'elle se rendit compte que l'atmosphère était tendue.

— Il est possible qu'elle ait reconnu le poney malgré l'obscurité, affirma Nat.

— Ce serait très étonnant ! objecta Caleb. Je crois qu'elle savait à l'avance qui le montait.

— J'essaie de ne pas trop y penser, soupira Margaux. On ne s'attend pas à ça de la part de ses amies.

— Drôles d'amies ! lâcha Josh d'un ton ironique.

— Alors, tu sais qui c'est, oui ou non ? demanda Caleb en passant la main dans ses cheveux.

— J'ai ma petite idée, répondit Margaux, mais je ne veux pas être une moucharde, moi aussi.

— Qui aurait pu vouloir te créer des ennuis ? demanda Audrey en balançant distraitement son sac à main. De toute façon, dans une semaine, tu pourras remonter à cheval. La seule chose qui compte, c'est que tu n'as pas été renvoyée.

— C'est vrai, fit Margaux. J'aurai huit jours pour me préparer à l'épreuve de sélection. Cela t'aurait embêtée que je la manque, n'est-ce pas ?

Audrey rougit un peu.

— Tiens, j'ai déjà vu ce film, dit-elle en chassant un grain de poussière imaginaire du col de sa veste. Finalement, on va aller au bowling. Vous venez, les filles ?

Sur ce, elle se mit en route sans attendre Patty et Pauline.

Patty se mordilla la lèvre, hésitant visiblement à abandonner Caleb. Après avoir lancé un regard noir à Margaux, elle se précipita derrière son amie.

— À tout à l'heure, lança Pauline en les suivant.

Nat attendit qu'elle soit hors de portée de voix pour dire à Margaux, l'air malicieux :

— C'est drôle ! Je n'ai même pas dit à Audrey quel film nous allions voir...

— Quel dommage, quand même ! déclara Margaux d'un ton théâtral. Je me faisais un tel plaisir d'être en sa compagnie...

Le dimanche, les élèves avaient un brunch, qui tenait lieu de petit déjeuner et de déjeuner. Margaux aimait bien ce système, qui lui permettait de rester plus longtemps au lit.

Elle longeait le comptoir en dévorant des yeux pommes de terre sautées, tomates, saucisses, bacon, œufs brouillés au saumon fumé, céréales, toasts, crêpes, fruits... Tout avait l'air délicieux.

Après avoir rempli son assiette à ras bord, elle rejoignit Pauline et Audrey, assises près d'une fenêtre.

— Ce n'était pas la peine d'apporter à manger pour nous trois, commenta Audrey en regardant son plateau. Nous nous sommes déjà servies.

Margaux considéra le plateau d'Audrey avec étonnement : juste un bol de céréales et une petite assiette de fruits secs ! Comment faire confiance à une fille qui se contentait de si peu, alors qu'il y avait un buffet magnifique ?

— Pruneaux ? demanda-t-elle en se retenant de rire.

— Dattes, rectifia Audrey.

— Alors, lança Pauline, tu vas aller voir Morello ?

— Exact ! s'écria Margaux. Dès que j'aurai englouti tout ça. Je vais lui garder une pomme : comme ça, il m'aura à la bonne pour l'épreuve de sélection !

Elle guetta la réaction de sa camarade de chambre : Audrey continuait de tourner les céréales dans son bol sans lever les yeux.

Margaux haussa les épaules et s'attaqua aux œufs brouillés. Pour elle, l'affaire était réglée, et elle n'avait pas envie de se demander pourquoi Audrey lui faisait la tête.

En voyant Laurie sortir de la cafétéria, Margaux se dépêcha d'avaler sa dernière gorgée de café pour la suivre. Cette situation ne pouvait plus durer ! Elles n'avaient pas échangé un mot depuis plus d'une semaine, et Laurie n'allait certainement pas faire le premier pas.

— Attends-moi, Laurie ! cria-t-elle.

Comme sa camarade ne réagissait pas, Margaux se mit à courir pour la rattraper.

— Laurie !

Arrivée à sa hauteur, elle la saisit par le bras.

— Tu ne m'as pas entendue t'appeler ?

— Si, répondit Laurie en dégageant son bras. C'est juste que je ne suis pas sûre d'avoir envie de t'écouter.

Margaux accusa le coup, mais elle se dit qu'elle l'avait bien mérité.

— Je voulais juste t'assurer que je regrette de t'avoir accusée à tort. Je sais que ce n'est pas toi qui as averti Annie.

Laurie la dévisagea un moment en silence.

— Quelle surprise ! fit-elle enfin. Alors, c'est qui ?

— Cette fois-ci, je ne vais désigner personne sans en être sûre. En tout cas, j'ai mon idée. Alors, je t'en prie, pardonne-moi.En tout cas, je n'aurais pas dû t'accuser.

Laurie se rembrunit.

— Si je comprends bien, tu viens t'excuser parce que tu crois avoir découvert la coupable. Eh bien, ça ne m'intéresse pas. Comment tu as pu me croire capable de faire ça ? Qu'est-ce que je t'ai fait ?

Margaux ne répondit rien. Laurie avait raison sur toute la ligne.

— Dire que je te croyais différente ! Finalement, tu es comme toutes les filles de cette école, poursuivit Laurie d'une voix tremblante. Toi aussi, tu te crois supérieure aux autres !

— Arrête, s'il te plaît ! protesta faiblement Margaux.

— Il n'y a que la vérité qui blesse, n'est-ce pas ? conclut Laurie avant de s'éloigner.

Pétrifiée, Margaux la suivit des yeux. Ce maudit jeu avait des répercussions qui dépassaient sa punition officielle. Pourrait-elle regagner un jour la confiance de Laurie ?

— Non, non, non ! rugit M. Highland en tapant sur le pupitre de Margaux. Le violon requiert du sentiment ! Tu frottes ton archet contre les cordes comme si tu voulais les écraser ! Recommence et, cette fois, pense à la musique ! C'est là que se trouve l'émotion !

Margaux se retint de crier : « L'émotion dans la musique ! Et mes émotions à moi ? » Elle aimait bien les leçons particulières de violon, mais, ce jour-là, les aiguilles de la pendule semblaient tourner au ralenti. On était lundi, le jour où elle était autorisée à remonter en selle pour la première fois. Dans son esprit, chaque minute passée loin de l'écurie était une minute perdue. Comment aurait-elle pu se concentrer sur une valse de Schubert ?

Morello lui avait terriblement manqué pendant ces deux semaines interminables et elle était très impatiente de montrer ce dont ils étaient capables... à Audrey et à toutes les autres. Elle regarda sa montre pour la centième fois. Encore cinq minutes, et elle pourrait filer au manège !

Mme Carmichael traversait le manège, une série de brosses à la main.

— Tante Annie ! cria Margaux. Je peux préparer Morello avant la leçon de cet après-midi ?

— Et ton déjeuner ?

— C'est fait, prétendit Margaux, dont le sandwich au fromage avait fini dans une poubelle. J'aimerais passer un peu de temps avec lui avant de le monter. Il nous faut renouer les liens...

— Je ne pense pas qu'il t'ait oubliée. Je suis sûre que lui aussi est pressé de te retrouver. Alors, vas-y !

— Merci, tante Annie, s'exclama Margaux en s'élançant vers l'écurie.

— Tu viens, Margaux ?

Montée sur Colorado, Mélanie attendait à la porte de l'écurie. Margaux avait craint qu'elle ne se soit éloignée d'elle. Laurie avait-elle parlé à sa camarade de chambre de leur dernière dispute ? Elle fut rassurée : Mélanie semblait toujours aussi ouverte et chaleureuse.

Elle dut s'y prendre à deux fois avant de se hisser sur le dos de Morello.

— J'ai l'impression de ne pas avoir monté depuis une éternité ! gémit-elle.

— Demain, tu auras mal partout, affirma Mélanie en se penchant pour régler la sangle de Colorado.

— Tu es trop bonne ! répliqua Margaux. Tu n'as pas d'autres paroles d'encouragement ?

— Si ! Essaie de me rattraper !

Sur ce, Mélanie enfonça les talons dans les flancs de Colorado, qui partit au trot en direction du manège.

Margaux se mit à rire quand Morello démarra tout seul à la poursuite de son copain.

— Comme c'est bon, de te retrouver ! murmura-t-elle au poney.

Dans l'enclos, Annie Carmichael faisait déjà travailler le reste du groupe.

— Lâchez vos étriers et mettez-vous au bout de la file, dit-elle aux deux filles.

Margaux fit passer ses étriers par-dessus l'encolure de Morello et attendit que les autres bougent pour prendre sa place.

— C'est super, de te revoir ici ! lui lança Pauline au passage.

Elle était l'une des plus petites de la classe, mais elle faisait du bon travail avec Marlin. Malgré l'allure du cheval, un peu heurtée pour un trot assis, elle semblait parfaitement à l'aise.

Pendant la séance d'échauffement, Margaux se concentra comme jamais, résolue à se donner toutes les chances de faire une bonne performance le jour de l'épreuve de sélection. Et Morello ne commit pas une seule faute, comme s'il avait voulu l'aider à tout prix.

— Excellent travail, mesdemoiselles, déclara Annie à la fin de l'exercice. Remettez vos étriers et rassemblez-vous de l'autre côté du manège. Pas toi, Laurie.

Margaux sentit une excitation mêlée de nervosité la gagner. Le travail sur le plat était terminé ; elles allaient passer aux obstacles. Elle flatta l'encolure de Morello en suivant des yeux Laurie, qui faisait le tour des obstacles au petit galop, et en admirant la manière dont elle obtenait de son poney le meilleur de lui-même. Quand, à mi-parcours, il coucha les oreilles et essaya de rejoindre les autres chevaux, il suffit qu'elle presse légèrement le talon extérieur contre son flanc et tire sur la rêne opposée pour qu'il change aussitôt de direction.

Hardy avait besoin que sa cavalière l'encourage et le maintienne en équilibre, car il avait tendance à utiliser sa vitesse plus que sa puissance pour franchir les obstacles.

Laurie paraissait parfaitement détendue, comme toujours lorsqu'elle était en selle. « Elle se sent mieux avec les chevaux qu'avec les humains », se dit Margaux. Elle l'observa attentivement à l'approche de la fin du parcours, et applaudit à deux mains quand la cavalière et sa monture survolèrent le dernier obstacle.

Laurie lui lança un regard étonné en s'écartant pour laisser la place à Audrey et Bluegrass. Margaux remarqua qu'elle avait rougi lorsque les autres filles l'avaient applaudie à leur tour.

Bluegrass termina son parcours sans accroc, et Audrey lui flatta l'encolure de sa main gantée. Cependant les applaudissements ne furent pas aussi nourris que pour Laurie. En regardant Bluegrass passer devant elle, Margaux s'émerveilla une fois de plus de sa beauté. Elle enfouit les doigts dans la crinière de Morello. À cet instant, sa tante lui fit signe de s'avancer sur la piste.

Dès le premier obstacle, Margaux se sentit en parfaite harmonie avec Morello. Quand elle lui murmura : « C'est bien, mon grand ! », il baissa la tête et coucha l'oreille pour montrer qu'il écoutait.

Confiante, elle poursuivit son parcours. Elle était presque sûre de faire un sans-faute, mais, en abordant le dernier obstacle, elle inclina le buste une foulée trop tôt, brisant la concentration de Morello. Il toucha la barre avec les postérieurs ; Margaux se retourna et la vit tomber sur le sable.

— Ce n'est pas grave, dit-elle à l'oreille du poney. Tu as été merveilleux.

— Bravo, Margaux ! s'écria Mélanie.

Morello, lui, pour se mettre au diapason de sa cavalière, décocha une sacrée ruade ! Margaux dut faire deux fois le tour du manège avant qu'il ne comprenne que sa prestation était terminée.

« Vivement l'épreuve de sélection ! » pensa-t-elle en croisant les doigts.

12

En revenant de la lingerie le vendredi, veille de l'épreuve de sélection, Margaux pensait à Audrey qui ne lui avait pas réclamé son haut Versace. Tant mieux, car elle ne savait pas ce qu'elle lui aurait répondu... Elle avait bien donné le tee-shirt à nettoyer, mais, en le récupérant, elle avait constaté avec horreur que la glace au chocolat avait laissé sur la soie claire une tache atténuée, certes, mais bien visible.

Elle avait beau chercher, elle ne trouvait aucune excuse acceptable. En désespoir de cause, elle se dirigea vers le foyer. « Autant régler la question une bonne fois pour toutes », se dit-elle, prête à affronter Audrey.

Il y avait beaucoup de bruit quand elle pénétra dans la pièce. Les filles de sa classe occupaient leur canapé habituel, près de la fenêtre. Margaux s'avança vers le petit groupe attablé devant un plat de cookies.

— Dépêche-toi, lança Pauline. Nous allons bientôt partir à l'écurie.

Elle lui offrit un soda pendant que Mélanie lui passait le plateau de biscuits.

Margaux leur adressa un sourire crispé : Audrey se trouvait juste derrière elle... Elle sortit délicatement le vêtement taché de son sac de linge.

— J'ai fait nettoyer ton haut, dit-elle en le tendant à sa propriétaire. Je suis désolée, il y a une tache qui n'est pas partie.

— Quelle tache ? s'écria Audrey en lui arrachant le tee-shirt des mains pour le tourner en tout sens.

— J'ai... euh... je suis entrée en contact avec une glace au chocolat, lâcha Margaux. Je t'en trouverai un autre...

— Bien sûr, grommela Audrey. À ton prochain passage à Milan !

Elle roula le tee-shirt en boule et le lança en direction de la corbeille à papier placée dans l'angle de la pièce.

— Raté ! s'écria Mélanie tandis que les autres demeuraient bouche bée.

— Décidément, il y a des gens qui ne savent pas prendre soin des affaires des autres, déclara Audrey en cherchant du regard l'approbation de Patty.

Margaux n'en revenait pas de son attitude. Elle bégaya :

— C'est... c'est vrai : je n'ai pas été très prudente ces derniers temps. Par exemple, j'ai plutôt mal placé ma confiance. Rappelle-toi, tu m'as plus ou moins forcée à t'emprunter ce tee-shirt.

— Je croyais que nous devions partir à l'écurie, intervint Laurie en se levant. Allons, Audrey, ce n'est qu'un tee-shirt !

— Erreur ! répliqua Audrey. C'est un Versace, et un cadeau de mon père.

— C'est juste une marque ! Tu n'as pas assez de vêtements ? Tu peux toujours appeler ton père pour qu'il demande à quelqu'un de t'en rapporter un autre.

Audrey releva le menton et posa la main sur sa hanche. Toute l'assistance retint son souffle : l'affrontement était inévitable.

— Qu'est-ce que tu as dit ? siffla Audrey.

C'était plus une accusation qu'une question.

— Si je comprends bien, tu prétends qu'il suffit de faire marcher ses relations pour obtenir quelque chose ! C'est bien comme ça que tu as eu la bourse Rockwell ! N'essaie pas de nier, tout le monde sait comment les choses se sont passées !

Margaux ne comprenait pas ce qu'elle insinuait, mais Laurie accusa le coup. Le sang s'était retiré de son visage.

— Tu veux bien préciser ?

— Je t'en prie ! Tu n'as pas de cheval à toi et tu ne participes pas aux concours les plus prestigieux. Par quel miracle aurais-tu pu avoir cette bourse ?

— Tu le crois vraiment ? demanda Laurie lentement.

— Oui, répondit Audrey sans hésitation.

— Eh bien, je te plains. Tu ne penses qu'à toi, à tes misérables affaires, et au fait que tu n'as pas eu cette bourse, même si tu la méritais. Dommage que tu ne l'aies pas eue, ça m'aurait épargné d'être là, en face de toi.

Elle regarda ses camarades, qui suivaient l'échange en silence.

— Jamais je ne me suis sentie aussi seule que depuis que je suis dans cette école, poursuivit-elle d'une voix tremblante. Le plus drôle, c'est que je m'y attendais... On m'avait parlé des filles de Chestnut Hill, et je m'étais juré de ne pas leur ressembler.

Audrey poussa un long soupir, les yeux levés au ciel. Laurie explosa :

— Je n'ai pas obtenu cette bourse grâce à mon père ! Je ne vois pas comment il aurait fait : il travaille dans un magasin de chaussures.

— Ton père travaille dans un magasin de chaussures ? répéta Audrey en grimaçant, comme si ces mots la dégoûtaient. Tu nous fais marcher ! Jamais on n'accepterait à Chestnut Hill une fille venant d'un tel milieu ! Tu croyais pouvoir trouver ta place ici ?

— Non, pas vraiment.

La voix de Laurie tremblait, mais elle regardait Audrey bien en face.

— Je savais que ce serait impossible. Je suis venue parce que mon père m'y a obligée.

— À d'autres ! lâcha Audrey en haussant les épaules. Les filles comme toi, je les connais ! Tu donnerais ta dernière paire de Steve Madden pour être acceptée dans ce type d'école... Ton père, il en vend, des Steve Madden, hein ? Peut-être pas, après tout...

— Je me contrefiche de ce que tu penses ! hurla Laurie. C'est mon père qui a insisté pour que je vienne. Il était si fier de moi quand j'ai obtenu cette bourse...

— Pourquoi ? fit Patty. L'école publique n'était pas assez bien, pour lui ?

— Si, jusqu'à...

— Jusqu'à quoi ? demanda Audrey.

— Jusqu'à la mort de ma mère, répondit doucement Laurie. Mon père a pensé que je serais mieux ici qu'à la maison. C'est pour lui que je suis là.

De nouveau, elle dévisagea les filles qui l'entouraient. Quand son regard croisa celui de Margaux, celle-ci baissa les yeux, incapable de soutenir le feu de ses yeux bleus.

— Je me demande ce qu'il penserait, reprit-elle d'une voix calme, s'il me voyait en ce moment... avec vous toutes.

Là-dessus, elle pivota sur ses talons et quitta la pièce, tête haute.

Les filles se regardèrent en silence. Mélanie fut la première à parler.

— Alors là, bravo, Audrey ! Bien joué !

— Ce n'est pas sa faute, protesta Patty. C'est Margaux qui a commencé, avec cette histoire de tee-shirt !

— Vous étiez au courant, pour sa mère ? demanda Alexandra d'une voix sourde.

— Comment aurions-nous pu le savoir ? fit Y Lan. Elle n'ouvre jamais la bouche !

— Pour ma part, je n'étais pas au courant, déclara Audrey.

Elle interrogea les autres du regard, mais tout le monde détourna les yeux.

— Bon, je vais voir Bluegrass, reprit-elle. Tu viens, Patty ?

Elles rassemblèrent leurs affaires et sortirent sans que personne ajoute un mot.

— Eh bien ! soupira Margaux. On peut dire qu'on ne s'ennuie pas, ici.

— Si on allait chercher Laurie ? suggéra Jessica.

— Elle a peut-être besoin d'être seule, fit pensivement Mélanie.

— Oui, approuva Alexandra. Elle a toujours été secrète... et elle avait ses raisons.

Margaux se taisait, confuse. Laurie était-elle partie à l'écurie ? C'est ce qu'elle aurait fait à sa place. Elle regrettait de ne pas avoir réussi à se lier d'amitié avec Laurie, qui n'avait personne pour la réconforter.

À l'heure du dîner, Laurie n'était toujours pas revenue.

— Je vais essayer de la trouver, annonça Margaux.

Elle repoussa son assiette, à laquelle elle n'avait pas touché, et se leva.

— Attends !

Mélanie et Pauline l'avaient imitée.

— On t'accompagne, déclara Mélanie. Je n'ai pas faim non plus.

— Vous savez où elle peut être ? demanda Pauline.

— Probablement à l'écurie, avec Hardy, répondit Margaux.

Elles quittèrent le bâtiment et se dirigèrent vers l'écurie sans échanger un mot. Il était près de 19 heures ; le campus était désert.

Margaux entra la première et se précipita vers le box de Hardy, sûre d'y trouver leur camarade. Mais seul le cheval était là, le nez dans son fourrage. Il tourna la tête, les oreilles dressées.

— Désolée, je n'ai rien pour toi.

— Alors ? lança Pauline.

— Personne, répondit Margaux. Qu'est-ce qu'on fait ?

— Vous croyez qu'elle a pu s'enfuir ? dit Pauline sur le chemin du retour. Il faudrait peut-être prévenir Mme Herson.

— Laissons-lui encore un peu de temps, proposa Margaux.

Elle ne voulait surtout pas que Laurie soit punie : le début du semestre avait déjà été assez difficile pour elle...

— Si on regardait dans les chambres ? suggéra Mélanie.

— On peut demander aux autres de nous aider, reprit Pauline. À plusieurs, ce sera plus rapide.

— Bonne idée, approuva Margaux. Elle ne doit pas être loin.

Mélanie les précéda dans le couloir menant à la chambre qu'elle partageait avec Laurie et Alexandra. À peine entrée, elle poussa une exclamation.

Margaux et Pauline échangèrent un regard plein d'inquiétude. Puis elles entendirent la voix de Mélanie :

— Alors, où étais-tu passée ?

— Je me suis baladée. Comme je n'avais pas faim, j'ai décidé de sauter le dîner.

Assise en tailleur sur son lit, Laurie cirait ses bottes de cheval. Elle avait l'air fatigué et découragé.

« Elle a dû faire six fois le tour du campus », pensa Margaux.

— On t'a cherchée, tu sais, fit Mélanie en s'installant près de Laurie. Quand on a vu que tu n'étais pas avec Hardy...

— On était très inquiètes, intervint Margaux.

— Je n'en doute pas, ricana Laurie.

Le rouge monta aux joues de Margaux.

— Laurie..., commença-t-elle d'une voix hésitante.

— Demain, nous avons une journée très chargée, la coupa Laurie. J'aimerais que vous me laissiez seule, j'ai besoin de me reposer.

Margaux n'avait pas envie de partir : elle avait des choses à dire à Laurie.

La rentrée

— Viens, fit doucement Pauline en la tirant par le bras. Elle a raison : nous avons toutes besoin de nous reposer. Ça ira mieux demain.

« Rien n'est moins sûr », se dit Margaux en suivant sa camarade dans le couloir.

13

Le jour J arriva enfin. Seule dans la chambre, Margaux finissait de s'habiller. Ses mains tremblaient tellement qu'elle avait du mal à boutonner son chemisier. Elle n'avait jamais été aussi nerveuse, même avant la finale du championnat de l'État, à la fin de l'été. Pauline et Audrey étaient déjà parties à l'écurie ; il était temps qu'elle y aille elle aussi.

Au moment où elle se levait, la tête de Mélanie s'encadra dans la porte.

— Super ! s'écria Margaux. Nous allons partir ensemble.

Mélanie demeura immobile, l'air bouleversé.

— Laurie est en train de faire ses bagages..., lâcha-t-elle. Elle s'en va.

— Quoi ?

— J'ai fait tout ce que j'ai pu pour la convaincre de rester ! J'ai même promis de ne plus chanter les chansons de Céline Dion sous la douche ! Mais sa décision est prise.

Elle dit qu'elle n'a rien à apporter à Chestnut Hill, et que cette école n'a rien à lui apporter. Je lui ai assuré qu'elle a infiniment plus de talent qu'Audrey, et que son père aimerait qu'elle reste, mais elle ne veut rien entendre. Fais quelque chose, toi !

— Qu'est-ce qui te fait croire que je pourrais l'empêcher de partir ?

— Tout le monde est déjà à l'écurie pour l'épreuve de sélection. Il ne reste plus que toi.

— Merci...

— Ne te vexe pas ! Je cherche une solution. Tu aimes les discussions serrées, non ? Alors, vas-y ! Ce serait trop dommage qu'elle jette l'éponge !

Margaux hocha la tête : si quelqu'un méritait de rester à Chestnut Hill, c'était bien Laurie.

— D'accord, dit-elle. Je te rejoindrai à l'écurie. Pas la peine d'arriver en retard toutes les deux.

Laurie leva la tête à l'arrivée de Margaux. Deux valises à moitié pleines étaient ouvertes sur son lit.

— Tu ne me feras pas changer d'avis, déclara-t-elle de but en blanc.

— Écoute-moi, Laurie. Personne n'a envie que tu partes.

— Tu crois ? lança la jeune fille en se retournant. Je parie qu'Audrey sautera de joie.

— Peut-être. Mais elle sera la seule.

— Tu perds ton temps. Il vaudrait mieux que tu t'en ailles. Tu vas rater l'épreuve de sélection.

En regardant la pendule, Margaux constata qu'il ne restait qu'une demi-heure avant son passage. Comment allait-elle s'y prendre pour faire revenir Laurie sur sa décision ? Elle y avait sa part de responsabilité... Si elle ne l'avait pas accusée injustement de l'avoir dénoncée, les choses ne seraient peut-être pas allées aussi loin.

— Alors, comme ça, c'est fini ? lança-t-elle sans vraiment se rendre compte de ce qu'elle disait. Tu choisis la solution de facilité ? J'attendais mieux de toi !

— Quoi ? fit Laurie, décontenancée.

— Je n'aurais jamais imaginé que tu baisserais les bras. Je te croyais plus forte que ça. Manifestement, je me suis trompée...

— Tu ne manques pas de culot ! s'écria Laurie.

— Je suis sûre que tu n'as pas envie de partir, poursuivit Margaux en croisant les bras.

— Si, j'en ai très envie.

— Je ne te crois pas ! Sinon, tu ne plierais pas soigneusement tes affaires. Tu les jetterais en vrac dans tes valises, pour quitter cet endroit au plus vite.

Laurie serra les poings, l'air furieux.

— Maintenant, c'est toi qui vas m'écouter, Margaux Walsh ! Primo, tu ne me connais pas ! Deuzio...

Margaux attendit, les sourcils levés.

— ... tu ne me connais pas, répéta Laurie en ouvrant un tiroir qu'elle referma aussitôt d'un coup de pied.

— C'est vrai, fit Margaux d'un ton conciliant. Mais tu étais la fille dont je me sentais le plus proche, ici. Bien sûr, cela m'agaçait un peu que tu ne parles jamais de toi et que tu passes tout ton temps à l'écurie...

— Si je n'ai pas joué avec vous à ce jeu débile, la coupa Laurie, c'est parce que je ne voulais pas risquer de perdre ma bourse !

— Je ne parle pas de ça. Et puis, ça m'est égal si tu ne veux rien dire de ta vie privée.

— Il est un peu tard pour ça, non ? Et si tu respectes autant ma vie privée, tu n'as qu'à me laisser seule !

— Je pourrais, mais je veux te rendre un dernier service. Je vais t'aider à faire tes valises.

Laurie la regarda sans rien dire.

— Si tu penses vraiment que tu n'as rien à apporter à cette école et qu'elle n'a rien à t'apporter, reprit Margaux, alors, oui, il vaut mieux que tu t'en ailles.

Elle se pencha pour ramasser une paire de chaussettes qui traînaient par terre et les lança dans la valise.

— À quoi bon rivaliser avec des filles comme Audrey Harrison ? dit-elle avec véhémence. Elles savent bien que le talent importe peu, que seul l'argent que l'on met dans les leçons d'équitation fait la différence. Pour ma part, je sais que je n'ai rien à attendre de toi, même en ce qui concerne les chevaux. En fait, tu nous fais perdre notre temps...

Elle s'interrompit : elle avait le sentiment d'être allée trop loin.

Une pile de chemises à la main, Laurie la regardait, comme si elle attendait la suite.

— Où veux-tu que je mette tes vêtements de cheval ? demanda Margaux.

— Où tu veux.

— Au fond, reprit Margaux, je ne suis pas mécontente que tu t'en ailles. Comme ça, je n'aurai plus mauvaise conscience de t'avoir accusée d'être une moucharde chaque fois que je te croise. De toute façon, nous n'aurions pas été amies... Alors, pas de regrets ! Dans l'affaire, les vrais gagnants seront les chevaux. Hardy sera ravi que tu partes. Il préfère sûrement être monté par une fille qui participe aux concours les plus importants. Une fille qui pourra entrer dans l'équipe.

— Nous serions entrés dans l'équipe, déclara Laurie d'un ton de défi... Qu'est-ce que tu fais avec mon pantalon ?

— Je le mets dans ta valise.

— Passe-le-moi ! ordonna Laurie, les dents serrées. Tout le monde sait que Hardy mérite d'être dans l'équipe.

Ses yeux étaient pleins de larmes.

— Tu es sûre de ce que tu fais ? demanda Margaux.

— N'insiste pas ! Je pourrais changer d'avis...

Sur ce, Laurie adressa à Margaux un sourire éclatant.

— Tu as gagné ! J'ai quelque chose à apporter à Chestnut Hill, et tout ne me déplaît pas ici... Il y a des chevaux que j'aime beaucoup.

— Pas de sentimentalisme ! lança Margaux, qui sentait une boule se former dans sa gorge. En tenue, et plus vite que ça ! Le concours va commencer !

Les deux filles traversèrent la pelouse en courant. L'air était vif, et le soleil brillait dans un ciel sans nuages : des conditions parfaites pour monter à cheval. Plusieurs poneys étaient attachés au mur de l'écurie, attendant leur tour. Partout on voyait des filles en tenue de cheval qui transportaient des éponges, des seaux d'eau et des harnais.

— Regarde, Laurie ! s'écria Margaux en haletant. Voilà ton Hardy !

Mélanie, qui conduisait le poney, tira sur le licou pour l'entraîner dans leur direction. Des acclamations s'élevèrent quand Joy Richards quitta le manège, les flancs de sa monture couverts d'écume.

Le haut-parleur annonça l'entrée en piste de Catherine MacIntyre sur Snapdragon, un poney gris pommelé.

— On n'a pas une seconde à perdre ! Tu es la prochaine, annonça Mélanie en souriant. J'ai harnaché Hardy au cas où...

— Tu as bien fait, déclara Laurie en serrant la mentonnière de sa bombe.

— Morello t'attend dans son box, ajouta Mélanie en se tournant vers Margaux. Il vient de faire un parcours, et il récupère. Tout va bien.

— Merci, Mélanie ! fit Margaux en tenant l'étrier à Laurie.

— Bonne chance, Margaux, si je ne te revois pas avant ton parcours, dit celle-ci une fois en selle. N'oublie pas : tout est une question de rythme. Si tu ne bouscules pas ton cheval, ça se passera bien.

Catherine sortait du manège, l'air déçu.

— Attention à la combinaison finale ! lança-t-elle à Laurie.

Laurie eut un sourire crispé. Elle n'avait même pas eu le temps de sauter un obstacle pour s'échauffer.

— Bonne chance ! crièrent Margaux et Mélanie quand elle et son cheval franchirent la porte.

— Émilie Page a fait tomber la dernière barre avec Morello, expliqua Mélanie. Comme elle a commis deux autres fautes, elle n'est plus dans le coup. Morello avait l'air nerveux.

— Je vais le chercher, fit Margaux. C'est bientôt mon tour.

Elle s'élança vers l'écurie, mais s'arrêta au bout de quelques pas : elle venait de se souvenir que Mélanie était déjà passée.

— Et toi ? cria-t-elle. Comment ça a marché ?

— J'ai fait un sans-faute, répondit son amie en souriant. Grâce à la tarte aux pommes de ma mère ! Colorado en raffole.

— Génial !

— À propos, Pauline a fait deux fautes. Mais aucune pour Audrey et plusieurs filles de cinquième.

— Rien n'est joué, alors ?

— Tu as toutes tes chances !

Margaux secoua la tête, dubitative. Elle n'avait pas consacré beaucoup de temps à Morello ce matin. Tant pis ! Même si cela avait compromis ses chances d'intégrer l'équipe, l'important était que Laurie reste. C'était la plus belle des victoires.

14

En débouchant dans le manège, Margaux fut surprise par le nombre de spectatrices : les gradins étaient archipleins. Elle respira un grand coup pour se concentrer. La seule chose qui comptait à présent était de franchir les huit obstacles sans commettre de faute. Le fait que son poney connaissait déjà le parcours n'était pas nécessairement un avantage ; à en croire Mélanie, c'était plutôt le contraire... « À moi de donner à Morello la confiance dont il a besoin pour oublier ses erreurs », songea-t-elle.

— Allez, mon grand ! murmura-t-elle en lui tapotant l'encolure. On va leur montrer ce qu'on vaut !

Au son de sa voix, Morello coucha les oreilles. Margaux comprit qu'il était prêt à s'en remettre à elle. Elle le lança au petit galop et fit un tour de piste avant de se présenter devant le premier obstacle.

Laurie avait eu raison de dire que tout était une question de rythme. Si elle ne faisait qu'un avec sa monture, ils réussiraient. Elle essayait de voir les obstacles avec les yeux de son poney, le retenant jusqu'à la dernière seconde, puis le poussant à accélérer. Morello réglait sa foulée comme elle le lui demandait. À l'approche de la fin du parcours, elle ne savait pas très bien où elle en était. Concentrée à l'extrême sur la coordination avec sa monture, elle n'entendait rien : elle ne savait même pas s'ils avaient fait tomber des barres ou non.

À la dernière combinaison, les battements de son cœur s'accélérèrent. C'était un double classique, composé de deux obstacles séparés d'une seule foulée. En le découvrant, Margaux se demanda s'ils avaient une chance de réussir.

Morello dut sentir son hésitation. Il trébucha, se reprit, franchit le premier obstacle, effectua une foulée raccourcie et survola le second. Margaux ne se retourna pas pour voir s'ils avaient touché une barre. Elle n'entendait que le bruit des sabots sur le sable tandis que le poney réduisait son allure pour prendre le trot.

Quand les applaudissements parvinrent à ses oreilles, elle comprit qu'elle avait fait un parcours sans faute.

— Bon travail, la félicita Annie en la rejoignant au bord de la piste. Comme je ne t'ai pas vue tout à l'heure, je vais t'expliquer la suite de la sélection. Tu feras un second parcours contre toutes les concurrentes ayant effectué un sans-faute. Elles sont huit : Audrey, Laurie, Mélanie, et cinq filles de cinquième. Ce sera un parcours chronométré. Tu partiras en cinquième position, ce qui te permettra de tenir compte de celles qui t'auront pré-cédée. Tu as tes chances, Margaux, tu as très bien monté, ajouta-t-elle après un silence. Essaie de faire une bonne deuxième manche.

— Je ferai de mon mieux, promit Margaux en desser-rant la sangle de son poney.

Quand elle se redressa, sa tante était déjà loin. La plu-part des poneys encore harnachés se reposaient devant l'écurie. Elsa et Julie s'affairaient autour d'eux, remplis-sant leurs seaux d'eau.

Margaux croisa le regard de Laurie au moment où celle-ci enfourchait Hardy. Elle passait en deuxième posi-tion, après Audrey.

— Je te dis bonne chance, mais je ne crois pas que tu en aies besoin.

— Il vaut mieux avoir la chance de son côté, répondit Laurie en souriant. Je te soutiendrai, moi aussi.

Ces paroles touchèrent Margaux. Se pouvait-il qu'elles deviennent amies, après tout ce qui s'était passé ?

Dans un grand claquement de sabots, très droite, Audrey passa sur Bluegrass sans un regard pour Margaux. Elle avait l'air tendu : elle avait déjà prouvé ses qualités dans des compétitions de haut niveau, mais ce jour-là tout le monde partait à égalité. Manifestement, Audrey, comme les autres, était sensible à la pression. « Difficile de devoir toujours être à la hauteur de sa réputation », songea Margaux en la suivant des yeux.

Morello se mit à piaffer, et elle décida de le conduire dans le paddock pour lui permettre de se calmer. Le bras sur son encolure, elle réfléchit au parcours qui les attendait. Ce serait le même, mais les obstacles seraient plus écartés et auraient quelques centimètres de plus, ce qui supposait de modifier la longueur des foulées. Le haut-parleur annonça qu'Audrey venait de boucler son parcours sans faute, en une minute et dix-huit secondes. Margaux avait l'impression que quelques secondes à peine s'étaient écoulées quand le haut-parleur crachota de nouveau.

— Laurie O'Neil, sur Hardy : zéro faute, une minute et vingt secondes.

Margaux poussa un cri de joie et pressa le pas pour revenir vers le manège.

— Bravo ! lança-t-elle quand Laurie l'eut rejointe.

— Une minute vingt ! fit la jeune fille avec soulagement. Une seconde de plus, et je prenais une pénalité. Je savais que je n'étais pas rapide, mais je ne voulais pas pousser Hardy.

— Tu mérites largement ta place dans l'équipe, fit Margaux avec conviction.

— Attends, ce n'est pas encore gagné, observa Laurie. Les autres peuvent faire un meilleur temps que moi.

Comme pour prouver le contraire, Victoria Rasmussen écopa de deux points de pénalité pour dépassement de temps.

— J'ai aussi fait une faute sur le double, expliqua-t-elle

en sortant. Les obstacles sont plus espacés, et il faut une très longue foulée.

Une rumeur s'éleva du manège. Aster Sachs-Cohen, une des favorites, venait de prendre six points de pénalité. Margaux eut de la peine pour elle : Aster était une fille d'Adams. Elle l'entendit donner des explications à Éléonore Dixon.

— Je suis allée trop vite. Il faut se méfier du mur, après le virage. On croit pouvoir l'aborder en deux foulées, mais il vaut mieux en faire trois courtes.

Quand le tour de Margaux arriva, Laurie, qui avait attaché Hardy à un anneau, se posta au bord du manège pour l'encourager.

— Tu vas réussir ! cria-t-elle.

— Allez, Margaux ! Fonce !

En tournant la tête, elle vit Pauline, Jessica et quelques autres qui agitaient les bras en s'époumonant.

La bouche sèche, elle ajusta les rênes et fit avancer Morello en fixant la pendule : dès qu'elle franchirait la ligne de départ, les secondes se mettraient à s'égrener.

La sonnerie retentit. Morello s'élança vers le premier obstacle, un vertical. À la réception, Margaux serra les jambes pour lui faire comprendre qu'il faudrait aller plus vite que la première fois. Le poney allongea sa foulée pour aborder le deuxième obstacle, à l'extrémité de la piste. Margaux s'efforça de garder le même rythme dans le virage. Après le mur, que Morello franchit aisément, se présentait l'oxer. Au lieu de laisser trois foulées à son poney, Margaux le fit tourner après la deuxième pour gagner du temps. Elle comprit aussitôt que c'était une erreur : la distance était trop grande. Elle tira sur les rênes pour lui permettre d'effectuer trois foulées, mais il était trop tard : ils se trouvaient trop près de l'obstacle.

Morello s'éleva brusquement, et Margaux entendit le bruit des sabots qui heurtaient la barre supérieure. Malheur ! Elle ne pouvait plus se permettre de faire une autre faute. Un coup d'œil sur la pendule lui apprit qu'elle avait une seconde d'avance sur Audrey. Elle se concentra sur les trois derniers sauts, sachant qu'il lui faudrait de la vitesse pour le double final.

Morello enchaîna parfaitement la combinaison. Cependant, à la réception, un murmure de déception s'éleva du public. Margaux tourna la tête et vit la barre du dernier obstacle sur le sable. Un sentiment de vide l'envahit. Deux barres, c'était huit points de pénalité ; trop pour entrer dans l'équipe.

Elle se dirigea vers la sortie, furieuse contre elle-même d'avoir voulu gagner du temps entre le mur et l'obstacle suivant.

Laurie l'attendait à la sortie du manège.

— Bravo ! Une minute et dix secondes ! Pas de pénalité de temps.

— J'ai deux fautes, soupira Margaux. Cela me place derrière Aster.

— Mais non ! Tu n'as fait qu'une faute, sur le dernier obstacle. Morello a bien touché l'autre barre, mais elle n'est pas tombée. Ça ne fait que quatre points... Tu n'as pas écouté l'annonce ?

— D'accord, mais il reste quatre filles, et il y aura sûrement des sans-faute, fit Margaux en descendant de cheval. Éléonore ne fait jamais tomber une seule barre, et Mélanie est très rapide.

Quelques secondes plus tard, Éléonore terminait son parcours.

— Sans faute, une minute neuf, annonça-t-elle à Joy Richards, qui attendait son tour.

« Éléonore, Laurie et Audrey sont déjà devant moi, pensa Margaux. Joy était dans l'équipe l'année dernière ; pour elle, ce sera une formalité. La place de réserviste va se jouer entre Mélanie, Olivia et moi. »

Elle vit Mélanie au loin, qui marchait près de son poney, visiblement tendue.

Des applaudissements crépitèrent, et Joy sortit du manège.

— Bien joué ! cria Margaux en s'efforçant de masquer sa déception.

Joy lui adressa un sourire pincé et mit pied à terre.

— Tu remues le couteau dans la plaie, murmura Laurie en donnant un coup de coude à Margaux.

— Pourquoi ?

— Elle a fait deux fautes. Essaie d'écouter les annonces !

— Il reste Olivia et Mélanie, observa Margaux. C'est fichu pour moi.

— Quel optimisme, dis donc !

— Je suis seulement réaliste...

— Tu as toujours réponse à tout ?

— Oui, fit Margaux en souriant. C'est ma spécialité.

Elle était heureuse que Laurie, déjà assurée de faire partie de l'équipe, attende d'être fixée sur son sort.

Elles gardèrent un moment le silence en caressant leurs chevaux. Margaux sursauta quand Olivia finit son parcours. Le haut-parleur crépita :

— Sans faute, une minute dix-neuf.

Le cœur de Margaux se mit à battre à tout rompre. « Elle est dans l'équipe ! Tout va se jouer entre Mélanie et moi. »

En tournant la tête, elle vit passer son amie, le regard fixé droit devant elle, l'air résolu.

— Bonne chance ! cria-t-elle, en proie à des sentiments contradictoires.

Elle souhaitait que Mélanie fasse un beau parcours tout en espérant qu'elle ne réussirait pas un sans-faute... Laurie souriait, comme si elle savait exactement ce qu'elle ressentait.

— Je n'en peux plus, déclara Margaux au bout de quelques secondes. Tu veux t'occuper de Morello ? Il faut que j'aille regarder.

Elle s'élança vers le manège en croisant les doigts. La technique de Mélanie n'était pas parfaite, mais elle avait la capacité d'aller très vite. Margaux l'avait observée avec attention pendant les parcours d'entraînement, sans comprendre comment elle s'y prenait pour être toujours plus rapide que les autres.

Quand elle arriva au bord du manège, Mélanie venait de franchir le mur, et il n'y avait aucune barre sur la piste. Elle jeta un coup d'œil sur la pendule : cinquante secondes ! Si Mélanie conservait ce rythme, elle bouclerait le parcours en une minute et cinq secondes !

Sa rivale prit le virage en tournant la tête pour regarder les obstacles suivants. La foulée de son poney perdait de sa régularité. Margaux le vit lutter pour ne pas se laisser déporter. La cavalière se pencha en arrière pour lui permettre de reprendre son équilibre, ce qui ralentit considérablement l'allure du cheval à l'approche de l'obstacle. Perturbé, il effleura la barre. Elle tressauta, mais resta en place. Mélanie relança sa monture en abordant la combinaison finale. En vain : Colorado avait perdu confiance. Il refusa l'obstacle.

Margaux serra les poings : « Allez, Colorado ! » Elle ne pensait plus à elle, à sa place dans l'équipe ; elle voulait simplement que son amie termine le parcours. Mélanie poussa son cheval au bout de la piste avant de le faire revenir pour affronter l'obstacle. Cette fois, le hongre sauta et enchaîna parfaitement la combinaison. Mélanie lui caressa affectueusement l'encolure.

— Mélanie Hernandez sur Colorado, une minute et vingt-six secondes. Six points de pénalité, annonça le haut-parleur.

Des applaudissements crépitèrent : même si Mélanie n'avait pas réussi à boucler le parcours dans le temps, elle avait bien rattrapé la situation. « Je suis dans l'équipe ! » songea Margaux. Elle n'en revenait pas.

— Réveille-toi, Margaux ! lança Mélanie en mettant pied à terre. Tu as gagné ta place.

Elle semblait sincèrement heureuse que l'une d'elles ait réussi. Très émue, Margaux ne trouvait rien à lui dire. Elle entendit la voix de Laurie :

— Margaux ! Viens vite !

Elle courut jusqu'à Morello et le serra dans ses bras.

— Nous avons réussi, mon beau, murmura-t-elle.

— En selle ! lança Laurie. Tu ne vas quand même pas rater la présentation de l'équipe !

Margaux attendit l'arrivée d'Olivia pour entrer à sa suite dans le manège : les élèves étaient censées se présenter dans l'ordre de leur classement. Laurie franchit la porte sous un tonnerre d'applaudissements. Margaux, qui fermait la marche, jubilait. Elle n'était que réserviste, mais elle n'aurait pas été plus heureuse si elle avait gagné.

Annie Carmichael et les deux entraîneurs les attendaient au centre de la piste. Des acclamations s'élevèrent dans les gradins. Margaux vit toutes les filles de son dortoir rassemblées au premier rang. Mélanie se leva en battant des mains. Margaux leur envoya un baiser du bout des doigts.

— Félicitations à vous deux, dit Annie à sa nièce. Cela n'a pas été facile, mais tu as réussi, ajouta-t-elle d'un ton affectueux. Je suis très fière de toi.

La boule qu'elle avait dans la gorge empêchait Margaux de parler : elle se contenta de sourire.

— Un ban pour l'équipe de saut d'obstacles junior ! demanda Roger Musgrave au micro.

Quand les cavalières commencèrent leur tour d'honneur, Margaux fut obligée de retenir Morello, qui menaçait de dépasser Hardy. Si cela n'avait dépendu que d'elle, elle se serait dressée sur les étriers pour partir au galop, les bras levés, en criant de joie.

À cet instant, Laurie tourna la tête et croisa son regard : Margaux comprit qu'elle partageait ses sentiments.

Éléonore en tête, les cavalières quittèrent le manège. En débouchant dans la cour, Margaux plissa les yeux, éblouie par le soleil. Elle aperçut Audrey, qui avait retenu Bluegrass pour l'attendre.

— Comme nous allons passer pas mal de temps ensemble, commença sa camarade de chambre en regardant droit devant elle, je tiens à te dire quelque chose.

— Quoi ? demanda Margaux, intriguée.

— Je sais que tu t'es mis dans la tête que c'est moi qui t'ai dénoncée à ta tante. Eh bien, tu es complètement à côté de la plaque.

— Laisse tomber, Audrey, lâcha Margaux, qui ne voulait pas gâcher son plaisir. Je n'y pense plus.

— Tu crois vraiment que j'aurais eu besoin de ça pour

entrer dans l'équipe ? Avec Bluegrass, je savais que nous réussirions haut la main. Réfléchis un peu !

Sur ces mots, elle talonna son cheval, plantant là Margaux.

« Si ce n'est pas elle, pensa Margaux, qui d'autre a voulu m'empêcher de participer à l'épreuve de sélection ? »

Et pourquoi Audrey le lui disait-elle maintenant ? Elle mit pied à terre et, d'un claquement de langue, en jouant distraitement avec sa crinière, demanda à Morello d'avancer.

— Qu'en penses-tu, toi ? chuchota-t-elle.

Les yeux mi-clos, le poney hennit doucement.

— Oui, tu as raison, approuva Margaux en riant. On s'en fiche !

Savoir qui avait mouchardé n'avait plus d'importance. Et elle avait à présent une vision plus claire des choses : elle savait lesquelles de ses camarades allaient devenir ses meilleures amies.

Elle fut tirée de ses pensées par Mélanie et Pauline, qui accouraient vers elle.

Margaux arrêta sa monture pour les attendre, imitée par Laurie.

— Vous avez été formidables ! s'écria Pauline en donnant une tape affectueuse à Morello.

— Géniales, renchérit Mélanie. Nous sommes fières de vous !

— Tu es passée si près, Mélanie... lui glissa Margaux tandis qu'elles se dirigeaient vers l'écurie.

— Je m'en remettrai, tu sais ! Les meilleures ont gagné, c'est tout ! répondit son amie en haussant les épaules.

Margaux ne put s'empêcher d'admirer la décontraction avec laquelle elle prenait les choses.

— Et puis, ajouta Mélanie, je ne crois pas que j'aurais pu supporter d'être dans la même équipe qu'Audrey Harrison.

Elles échangèrent un regard entendu. Personne n'aborda le sujet du départ manqué de Laurie, comme si cela remontait à un passé lointain.

— Trois filles d'Adams dans l'équipe ! Une jolie performance, déclara Margaux.

— Nous ferons peut-être mieux l'an prochain, enchaîna Laurie.

— Si nous mettions les chevaux dans leur box pour aller au buffet ? proposa Pauline.

— Excellente idée, fit Mélanie en prenant la direction de la sellerie.

— Parfait, acquiesça Margaux en caressant l'encolure de Morello.

Elle suivit des yeux les trois filles, ses nouvelles amies, et songea que c'était le mot juste. *Parfait*.

Découvrez vite un extrait
du tome 2 de

Chestnut Hill

2. Un grand pas

Des livres plein les poches, POCKET jeunesse des histoires plein la tête

Laurie aurait voulu participer à la joie générale après l'excellent parcours de Margaux, mais son tour arrivait. Elle rassembla ses rênes en essayant d'oublier les centaines d'yeux braqués sur elle. « Pourvu que je fasse un sans-faute ! » pria-t-elle. C'était son premier concours officiel depuis la formation de l'équipe, elle ne voulait pas décevoir ses amies. Et encore moins prêter le flanc aux railleries d'Audrey Harrison...

Hardy tira sur les rênes tandis qu'ils se dirigeaient au petit galop vers les barres rouges et blanches.

— Du calme, chuchota Laurie, les jambes serrées pour qu'il conserve son rythme, et les rênes tenues d'une main ferme afin de l'empêcher de s'écraser sur l'obstacle.

À trois mètres des barres, elle avança les bras et le laissa prendre une longue foulée puissante avant de sauter. « Vas-y, mon grand ! » l'encouragea-t-elle mentalement alors qu'il franchissait le premier obstacle sans encombre.

Elle vit à peine passer les deux obstacles suivants. Ils s'approchaient à présent de l'oxer. Le cheval prit son élan et bondit, décrivant un arc de cercle parfait. Laurie éprouva un frisson de joie à l'attaque du vertical. Leur entraînement portait ses fruits ! Détendue, elle évalua la distance pour préparer le saut. Au dernier moment, elle se rendit compte qu'ils allaient trop vite. Quand Hardy s'élança, ses antérieurs heurtèrent la barre, qui vibra sur ses taquets. « Je t'en prie, tiens bon ! » supplia Laurie, qui n'osait pas regarder derrière elle, de peur de déstabiliser sa monture.

Un gémissement monta de la foule : la barre venait de tomber lourdement sur le sol. Laurie sentit son estomac se serrer de déception. Elle se mordit la lèvre et s'efforça de se concentrer sur le reste du parcours.

Lorsque Hardy eut franchi le dernier obstacle, les spectateurs applaudirent aussi fort que pour Margaux et Audrey ; mais cela ne la consola pas. Elle rejoignit le groupe, accablée de honte. Ce n'était pas la performance que le public avait attendue de celle qui avait décroché la prestigieuse bourse Rockwell !

— Beau travail ! commenta Éléonore.

Laurie lui répondit par un demi-sourire.

— C'était génial ! lui chuchota Margaux.

— Je me sens si bête d'avoir perdu ma concentration avant ce vertical ! soupira Laurie en regardant Olivia s'élancer sur le parcours avec Shamrock.

— Arrête ! Je parie que tout le monde t'a trouvée excellente !

« Pari risqué ! » songea Laurie. Elle ne put s'empêcher de loucher vers Audrey : comme toujours, Mlle Je-suis-parfaite avait fait un parcours impeccable, et elle ne manquerait pas de le lui faire remarquer...

Laurie conduisit Hardy dans son box, abattue : elle s'en voulait tellement d'avoir commis cette faute, la seule de toute l'équipe ! « J'espère que Diane Rockwell n'était pas dans le public », pensa-t-elle en caressant le chanfrein du poney. Soudain, Hardy leva la tête et regarda derrière elle. Elle se retourna : deux jeunes femmes approchaient en discutant avec animation.

— Tu es bien Laurie O'Neil ? demanda la première, une blonde aux yeux verts et au sourire sympathique.

— Oui, répondit Laurie, qui cherchait désespérément où elle les avait déjà vues.

— Je m'appelle Rachel, et voici Melissa.

Laurie sursauta : les sœurs d'Audrey ! Les mêmes cheveux blonds et les mêmes pommettes hautes ; seuls les yeux étaient différents.

— Nous voulions te féliciter pour ton parcours, reprit Rachel à sa grande surprise. Tu as été formidable ! Je n'ai jamais vu Hardy sauter comme ça. Il était déjà là quand je suis arrivée à Chestnut Hill, et on l'a toujours considéré

comme irrécupérable. Une vraie tête de mule ! Or, là, il
avait l'air d'un champion.

Laurie cligna des yeux, sidérée : ces filles étaient-elles
vraiment les sœurs d'Audrey ?

— Merci, fit-elle en rougissant. Je regrette seulement
de ne pas avoir réussi un sans-faute.

— Ne t'inquiète pas, ça viendra ! la rassura Melissa.
L'année ne fait que commencer. Il faut avoir du talent
pour amener Hardy à sauter comme ça. Vous formez une
sacrée équipe !

Déconcertée, Laurie cherchait les mots pour remercier
les anciennes élèves, quand elle vit apparaître Audrey.

— Je reviendrai voir Audrey de temps en temps lors
des concours, reprit Rachel, mais je te suivrai de près, toi
aussi. Je suis sûre que vous ferez un malheur, tous les
deux !

Audrey se glissa entre ses sœurs, le visage impassible.
Elle balaya du regard Hardy, qui reniflait son filet vide,
et adressa un sourire éclatant à Laurie. Celle-ci faillit
s'étrangler de surprise.

[...]

Cet ouvrage a été imprimé en France par

C P I
Bussière

à Saint-Amand-Montrond (Cher)
en mars 2009

Cet ouvrage a été composé par
PCA - 44400 REZÉ

12, avenue d'Italie
75627 PARIS Cedex 13

— N° d'imp. 090505/1. —
Dépôt légal : avril 2009.